Nathalie Sarraute

Portrait d'un inconnu

Préface
de Jean-Paul Sartre

Gallimard

Ce que cherche, tout d'abord, celui qui raconte cette histoire, c'est d'arriver à capter chez les personnages qui le fascinent — un vieux père et sa fille — sous leurs attitudes et leurs paroles, par-delà leur monologue intérieur, ces mouvements secrets, inavoués, à peine conscients, ces sentiments à l'état naissant, qui ne portent aucun nom, et qui forment la trame invisible de nos rapports avec autrui et de chacun de nos instants.

Mous déroulements de tentacules, « coulées, baves, mucus », tels ils lui semblent être d'abord, mais à mesure que son œil s'y habitue et qu'il les examine comme avec des instruments toujours plus grossissants, ils deviennent plus nets, plus précis, ils apparaissent comme des drames minuscules dont les péripéties rigoureusement agencées conduisent à ces mouvements ultimes que sont les paroles et les actes et leur donnent toute leur épaisseur et leur véritable signification.

Mais quand enfin, après bien des efforts, il a l'impression de les saisir, la rapidité, la complexité, la finesse de ces drames invisibles à l'œil nu lui font lâcher prise. Il se soumet. Il se laisse aveugler, comme tout le monde autour de lui, par le miroitement des paroles et des gestes réduits à leur plus évidente apparence. Tout rentre dans l'ordre. La convention rassurante et commode reprend le dessus.

Un des traits les plus singuliers de notre époque littéraire c'est l'apparition, çà et là, d'œuvres vivaces et toutes négatives qu'on pourrait nommer des anti-romans. Je rangerai dans cette catégorie les œuvres de Nabokov, celles d'Evelyn Waugh et, en un certain sens, Les Faux-Monnayeurs. Il ne s'agit point d'essais contre le genre romanesque, à la façon de Puissances du roman qu'a écrit Roger Caillois et que je comparerais, toute proportion gardée, à la Lettre sur les spectacles de Rousseau. Les anti-romans conservent l'apparence et les contours du roman ; ce sont des ouvrages d'imagination qui nous présentent des personnages fictifs et nous racontent leur histoire. Mais c'est pour mieux décevoir : il s'agit de contester le roman par lui-même, de le détruire sous nos yeux dans le temps qu'on semble l'édifier, d'écrire le roman d'un roman qui ne se fait pas, qui ne peut pas se faire, de créer une fiction qui soit aux grandes œuvres composées de Dostoïevski et de Meredith ce qu'était aux tableaux de Rembrandt et de Rubens cette toile de Miró, intitulée Assassinat de la peinture. Ces œuvres étranges et difficilement classables ne témoignent pas de la faiblesse du genre romanesque, elles marquent seulement que nous vivons à une époque de réflexion et que le roman est en train de réfléchir sur lui-même. Tel est le livre de Nathalie Sarraute : un anti-

9

roman qui se lit comme un roman policier. C'est d'ailleurs une parodie de romans « de quête » et elle y a introduit une sorte de détective amateur et passionné qui se fascine sur un couple banal — un vieux père, une fille plus très jeune — et les épie et les suit à la trace et les devine parfois, à distance, par une sorte de transmission de pensée, mais sans jamais très bien savoir ni ce qu'il cherche ni ce qu'ils sont. Il ne trouvera rien, d'ailleurs, ou presque rien. Il abandonnera son enquête pour cause de métamorphose : comme si le policier d'Agatha Christie, sur le point de découvrir le coupable, se muait tout à coup en criminel.

C'est la mauvaise foi du romancier — cette mauvaise foi nécessaire — qui fait horreur à Nathalie Sarraute. Est-il « avec » ses personnages, « derrière » eux ou dehors ? Et quand il est derrière eux, ne veut-il pas nous faire croire qu'il reste dedans ou dehors ? Par la fiction de ce policier des âmes qui se heurte au « dehors », à la carapace de ces « énormes bousiers » et qui pressent obscurément le « dedans » sans jamais le toucher, Nathalie Sarraute cherche à sauvegarder sa bonne foi de conteuse. Elle ne veut prendre ses personnages ni par le dedans ni par le dehors parce que nous sommes, pour nous-mêmes et pour les autres, tout entiers dehors et dedans à la fois. Le dehors, c'est un terrain neutre, c'est ce dedans de nous-mêmes que nous voulons être pour les autres et que les autres nous encouragent à être pour nous-mêmes. C'est le règne du lieu commun. Car ce beau mot a plusieurs sens : il désigne sans doute les pensées les plus rebattues mais c'est que ces pensées sont devenues le lieu de rencontre de la communauté. Chacun s'y retrouve, y retrouve les autres. Le lieu commun est à tout le monde et il m'appartient ; il appartient en moi à tout le monde, il est la présence de tout le monde en moi. C'est par essence la généralité ; pour me l'approprier, il faut un acte : un acte par quoi je dépouille ma particularité pour adhérer au général, pour devenir la généralité. Non point semblable à tout le monde mais, précisément, l'incarnation de tout le monde. Par cette adhésion éminemment sociale, je m'identifie à tous les autres dans l'indistinction de l'universel. Nathalie Sarraute paraît distinguer trois sphères concentriques de généralité : il y a celle du caractère, celle du lieu commun moral, celle de l'art et, justement, du roman. Si je fais le bourru bienfaisant, comme le vieux père de Portrait d'un inconnu, je me cantonne dans la première ; si je déclare, quand un père refuse de l'argent à sa fille : « Si ce n'est pas malheureux de voir ça ; et dire qu'il n'a qu'elle au monde... ah ! il ne l'emportera pas avec lui, allez », je me projette dans la seconde ; dans la troisième, si je dis d'une jeune femme que c'est une Tanagra, d'un paysage que c'est un Corot, d'une histoire de famille qu'elle est balzacienne. Du même coup, les autres, qui ont accès de plain-pied dans ces domaines, m'approuvent et me comprennent ; en réfléchissant mon attitude, mon jugement, ma comparaison, ils lui communiquent un caractère sacré. Rassurant pour autrui, rassurant pour moi-même puisque je me suis réfugié dans cette zone neutre et commune qui n'est ni tout à fait l'objectif, puisque enfin je m'y tiens par décret, ni tout à fait subjectif puisque tout le monde m'y peut atteindre et s'y retrouver, mais qu'on pourrait nommer à la fois la subjectivité de l'objectif et l'objectivité du subjectif. Puisque je prétends n'être que cela, puisque je proteste que je n'ai pas de tiroirs secrets, il m'est permis, sur ce plan, de bavarder, de m'émouvoir, de m'indigner, de montrer « un caractère » et même d'être un « original », c'est-à-dire d'assembler les lieux communs d'une manière inédite : il y a même, en effet, des « paradoxes communs ». On me laisse, en somme, le loisir d'être subjectif dans les limites de l'objectivité. Et plus je serai subjectif entre ces frontières étroites, plus on m'en saura gré : car je démontrerai par là que le subjectif n'est rien et qu'il n'en faut pas avoir peur.

Dans son premier ouvrage Tropismes, Nathalie Sarraute

montrait déjà comment les femmes passent leur vie à commu-nier dans le lieu commun : « Elles parlaient : " Il y a entre eux des scènes lamentables, des disputes à propos de rien. Je dois dire que c'est lui que je plains dans tout cela quand même. Combien ? Mais au moins deux millions. Et rien que l'héritage de la tante Joséphine... Non... Comment voulez-vous ? Il ne l'épousera pas. C'est une femme d'intérieur qu'il lui faut, il ne s'en rend pas compte lui-même. Mais non, je vous le dis. C'est une femme d'intérieur qu'il lui faut... D'intérieur... D'intérieur... " On le leur avait toujours dit. Cela, elles l'avaient bien toujours entendu dire, elles le savaient : les sentiments, l'amour, la vie, c'était là leur domaine. Il leur appartenait. »

C'est la « parlerie » de Heidegger, le « on » et, pour tout dire, le règne de l'inauthenticité. Et, sans doute, bien des auteurs ont effleuré, en passant, éraflé le mur de l'inauthenticité, mais je n'en connais pas qui en ait fait, de propos délibéré, le sujet d'un livre : c'est que l'inauthenticité n'est pas romanesque. Les romanciers s'efforcent au contraire de nous persuader que le monde est fait d'individus irremplaçables, tous exquis, même les méchants, tous passionnés, tous particuliers. Nathalie Sarraute nous fait voir le mur de l'inauthentique ; elle nous le fait voir partout. Et derrière ce mur ? Qu'y a-t-il ? Eh bien justement rien. Rien ou presque. Des efforts vagues pour fuir quelque chose qu'on devine dans l'ombre. L'Authenticité, vrai rapport avec les autres, avec soi-même, avec la mort, est partout suggérée mais invisible. On la pressent parce qu'on la fuit. Si nous jetons un coup d'œil, comme l'auteur nous y invite, à l'intérieur des gens, nous entrevoyons un grouillement de fuites molles et tentaculaires. Il y a la fuite dans les objets qui réfléchissent paisiblement l'universel et la permanence, la fuite dans les occupations quotidiennes, la fuite dans le mesquin. Je connais peu de pages plus impressionnantes que celles qui nous montrent « le vieux » échappant de justesse à l'angoisse de la mort en se jetant, pieds nus et en chemise, à la cuisine pour vérifier si sa fille lui vole du savon. *Nathalie Sarraute a une vision protoplasmique de notre univers intérieur : ôtez la pierre du lieu commun, vous trouverez des coulées, des baves, des mucus, des mouvements hésitants, amiboïdes.* Son vocabulaire est d'une richesse incomparable pour suggérer les lentes reptations centrifuges de ces élixirs visqueux et vivants. « Comme une sorte de bave poisseuse, leur pensée s'infiltrait en lui, se collait à lui, le tapissait intérieurement. » (*Tropismes*, p. 11.) Et voici la pure femme-fille « silencieuse sous la lampe, semblable à une fragile et douce plante sous-marine toute tapissée de ventouses mouvantes » (*Ibid*, p. 50). *C'est que ces fuites tâtonnantes, honteuses, qui n'osent dire leurs noms sont aussi des rapports avec autrui.* Ainsi *la conversation sacrée, échange rituel de lieux communs, dissimule une « sous-conversation »* où les ventouses se frôlent, se lèchent, s'aspirent. Il y a d'abord le malaise : *si je soupçonne que vous n'êtes pas tout simplement, tout uniment le lieu commun que vous dites, tous mes monstres mous se réveillent; j'ai peur : « Elle était accroupie sur un coin du fauteuil, se tortillait le cou tendu, les yeux protubérants : « Oui, oui, oui », disait-elle, et elle approuvait chaque membre de phrase d'un branlement de la tête. Elle était effrayante, douce et plate, toute lisse, et seuls ses yeux étaient protubérants. Elle avait quelque chose d'angoissant, d'inquiétant et sa douceur était menaçante. Il sentait qu'à tout prix il fallait la redresser, l'apaiser, mais que seul quelqu'un doué d'une force surhumaine pourrait le faire... Il avait peur, il allait s'affoler, il ne fallait pas perdre une minute pour raisonner, pour réfléchir. Il se mettait à parler, à parler sans arrêt, de n'importe qui, de n'importe quoi, à se démener (comme le serpent devant la musique? comme les oiseaux devant le boa? il ne savait plus) vite, vite, sans s'arrêter, sans une minute à perdre, vite, vite, pendant qu'il en est temps encore, pour la contenir, pour*

13

l'amadouer. » (*Ibid*, p. 35.) *Les livres de Nathalie Sarraute sont remplis de ces terreurs : on parle, quelque chose va éclater, illuminer soudain le fond glauque d'une âme et chacun sentira les bourbes mouvantes de la sienne. Et puis non : la menace s'écarte, le danger est évité, on se remet tranquillement à échanger des lieux communs. Ceux-ci, pourtant, s'effondrent parfois et l'effroyable nudité protoplasmique apparaît : « Il leur semble que leurs contours se défont, s'étirent dans tous les sens, les carapaces, les armures craquent de toutes parts, ils sont nus, sans protection, ils glissent enlacés l'un à l'autre, ils descendent comme au fond d'un puits... ici, où il descendent maintenant, comme dans un paysage sous-marin, toutes les choses ont l'air de vaciller, elles oscillent, irréelles et précises comme des objets de cauchemar, elles se boursouflent, prennent des proportions étranges... une grosse masse molle qui appuie sur elle, l'écrase... elle essaie maladroitement de se dégager un peu, elle entend sa propre voix, une drôle de voix trop neutre... » Il n'arrive rien d'ailleurs : il n'arrive jamais rien. D'un commun accord, les interlocuteurs tirent sur cette défaillance passagère le rideau de la généralité. Ainsi ne faut-il pas chercher dans le livre de Nathalie Sarraute ce qu'elle ne veut pas nous donner ; un homme, pour elle, ce n'est pas un caractère, ni d'abord une histoire ni même un réseau d'habitudes : c'est le va-et-vient incessant et mou entre le particulier et le général. Quelquefois, la coquille est vide, un « Monsieur Dumontet » entre soudain, qui s'est débarrassé savamment du particulier, qui n'est plus rien qu'un assemblage charmant et vif de généralités. Alors tout le monde respire et reprend espoir : c'est donc possible ! c'est donc encore possible. Un calme mortuaire entre avec lui dans la chambre.*

Ces quelques remarques visent seulement à guider le lecteur dans ce livre difficile et excellent ; elles ne cherchent pas à en épuiser le contenu. Le meilleur de Nathalie Sarraute, c'est son style trébuchant, tâtonnant, si honnête, si plein de repentir, qui approche de l'objet avec des précautions pieuses, s'en écarte soudain par une sorte de pudeur ou par timidité devant la complexité des choses et qui, en fin de compte, nous livre brusquement le monstre tout baveux, mais presque sans y toucher, par la vertu magique d'une image. Est-ce de la psychologie? Peut-être Nathalie Sarraute, grande admiratrice de Dostoïevski, voudrait-elle nous le faire croire. Pour moi je pense qu'en laissant deviner une authenticité insaisissable, en montrant ce va-et-vient incessant du particulier au général, en s'attachant à peindre le monde rassurant et désolé de l'inauthentique, elle a mis au point une technique qui permet d'atteindre, par-delà le psychologique, la réalité humaine, dans son existence *même.*

Jean-Paul Sartre.
1947

Une fois de plus je n'ai pas pu me retenir, ç'a été plus fort que moi, je me suis avancé un peu trop, tenté, sachant pourtant que c'était imprudent et que je risquais d'être rabroué.

J'ai essayé d'abord, comme je fais parfois, en m'approchant doucement, de les surprendre.

J'ai commencé d'un petit air *matter of fact* et naturel, pour ne pas les effaroucher. Je leur ai demandé s'ils ne sentaient pas comme moi, s'ils n'avaient pas senti, parfois, quelque chose de bizarre, une vague émanation, quelque chose qui sortait d'elle et se collait à eux... Et ils m'ont rabroué tout de suite, d'un petit coup sec, comme toujours, faisant celui qui ne comprend pas : « Je la trouve un peu ennuyeuse, m'ont-ils dit. Je la trouve un peu assommante... » Je me suis accroché : « Ne trouvez-vous pas... », ma voix déjà commençait à flancher, elle sonnait faux — toujours dans ces cas-là la voix sonne faux, elle hésite à la recherche d'un timbre, elle voudrait trouver, ayant dans son désarroi égaré le sien, un timbre plausible, un bon timbre respectable, assuré — j'ai essayé, d'une voix trop neutre, atone et qui devait me trahir, d'insister : « ne trouvaient-ils pas, n'avaient-ils pas senti, parfois, quelque chose qui sortait d'elle, quelque chose de mou, de gluant, qui adhérait et aspirait sans qu'on sache comment et qu'il fallait soulever et arracher de sa peau comme une compresse humide à l'odeur fade, douceâtre... » C'était dangereux, trop fort, et ils avaient horreur de cela mais je ne pouvais plus me retenir... « quelque chose qui colle à vous, s'infiltre, vous tire à soi, s'insinue, peut-être qui quémande par en dessous, exige... » Je me perdais. Mais ils faisaient semblant de ne pas voir. Ils étaient décidés à ce qu'on restât normal, décent : « Oui, elle semble tenir beaucoup à l'affection des gens », ils me répondaient cela pour me calmer, pour en finir, ils voulaient me rappeler à l'ordre. Ou bien — je ne peux jamais, avec eux, m'empêcher de me poser la question — ou bien étaient-ils vraiment, comme ils le paraissaient, entièrement inconscients ?

Un seul mot d'eux, pourtant, un de ces mots-réflexes qui jaillit d'eux tout droit et s'abat juste au bon endroit comme un coup de poing de boxeur, un seul mot d'eux comme ils en ont parfois, m'aurait calmé pour un moment.

Mais avec moi cela ne leur arrive presque jamais, ils ne se sentent pas assez à l'aise.

C'est juste pour se défendre contre quelque chose en moi de louche, à quoi ils savent obscurément qu'il ne faut pas participer, c'est juste pour m'amuser et me maintenir à l'écart qu'ils me lancent négligemment ces jugements évasifs qui glissent sans assommer, comme des chiquenaudes légères, et me laissent sur ma faim.

Il faut pour que cela sorte qu'ils soient entre eux, entre gens du même bord qui se comprennent tout de suite, acceptent cela naturellement, il faut qu'ils se sentent libres et sûrs de leurs mouvements, deux femmes qui se croisent sur le seuil de la porte ou bien dans l'escalier, leur filet à la main, pressées de sortir, de rentrer, préoccupées, et rient de leur rire aigu, leur mince rire acéré qui me transperce et me cloue à l'étage au-dessus, retenant mon souffle, plein d'une attente avide : « C'est un vieil égoïste, disent-elles, je l'ai toujours dit, un égoïste et un grippe-sou, des gens comme ça ne devraient pas avoir le droit de mettre au monde des enfants. Et elle, c'est une maniaque. Elle n'est pas responsable. Moi je dis qu'elle est plutôt à plaindre, la pauvre fille. »

Alors je sais que c'est cela. Je reconnais leur aveuglante lucidité. Cela s'abat sur moi, éclatant, convaincant, absolument irréfutable, terrible, cela tombe sur moi et me terrasse, quand j'écoute, immobile, sur le palier du dessus, leur sentence infaillible, leur jugement.

Mais mes travaux subtils pour obtenir cela d'eux échouent toujours. Ils ne s'y laissent pas prendre. Ou peut-être qu'à mon contact — et sans qu'ils sachent pourquoi — cela ne sort pas, tout simplement. Toujours est-il que je ne recevrai jamais rien d'eux que ce qu'on recueille à écouter aux portes, que les miettes tombées de leur table.

Il ne me restait plus, comme toujours dans ces cas-là, quand je me suis trop engagé, qu'à essayer par un pénible effort de me décrocher d'eux, accepter d'être abandonné par eux, tenu à l'écart ; et terminer cela en douceur, le plus dignement possible, en sauvegardant les apparences : « Oui, eh bien je ne sais pas. Moi, elle me fait un drôle d'effet (d'une voix — cela c'est plus fort que moi — de plus en plus atone, absolument sans timbre), je la trouve un peu bizarre, je ne sais pas pourquoi. » Et chercher à sortir d'un petit air dégagé, l'air de quelqu'un qui se souvient subitement qu'il est appelé ailleurs, qui n'a rien remarqué (cet air qu'ils ont toujours : « mais non, je n'ai rien vu, que s'est-il donc passé ? » quand j'insiste, quémande).

Mais je savais que je raterais ma sortie. Je sens toujours un peu trop mon dos, dans ces cas-là. Cela me donne toujours un peu l'air, ce genre de sorties-là, de « prendre la porte ».

Je sais bien que je pourrai toujours, quand je voudrai, me dédommager avec les autres, ceux avec qui on se sent au chaud, au doux, ceux qui ne rabrouent jamais et se laissent aborder docilement. Ceux-là ne doivent jamais tenir les gens à l'écart ou les remettre à leur place. Ils ne doivent pas savoir comment s'y prendre.

Ils sont curieusement passifs et comme un peu inertes. Ils m'accueillent avec leur sourire toujours légèrement ironique et un peu trop sympathisant : ils ont l'air de m'attendre, infiniment modestes, patients, pleins avec moi d'une humilité bizarre.

Avec eux, je peux me laisser aller. Rien ne leur paraîtra jamais inconvenant, « littéraire », fabriqué. Ils comprendront tout de suite. Je peux m'approcher d'eux et, sans coups de sonde subtils, franchissant d'un seul bond toutes les étapes préliminaires, toutes les comparaisons avec les compresses humides et les odeurs douceâtres, avec tout ce qui s'accroche, adhère

20

à vous, s'infiltre, vous tire à votre insu (ils sentent cela tout de suite, ils connaissent cela très bien : toutes ces expressions qui aux autres paraissent obscures, vaguement indécentes, sont entre eux et moi le langage courant, les termes techniques familiers aux initiés), je peux, m'enhardissant, sortir de ma poche et leur montrer — ils ne s'étonneront pas — le papier, l'enveloppe, l'élément de preuve que j'ai gardé et où s'étale sa marque (comme la trace que laisse sur la neige la griffe de l'animal furtif) : le M immense tracé d'abord avec une désinvolture molle, quelque chose de déjeté, de volontairement vulgaire et comme vautré, où je la reconnais, et puis l'énorme hampe raide et dure qui descend, atrocement agressive, coupe l'adresse, traverse presque toute l'enveloppe comme une intolérable provocation, s'attaque à moi, me fait mal... Je sais que je peux leur montrer cela et qu'ils me répondront juste sur ce point particulier, sans me poser de questions indiscrètes, avec l'air détaché et digne de l'expert à qui on soumet les pièces d'un dossier auquel il n'est pas personnellement intéressé.

De toutes mes forces je souhaite qu'ils ne voient rien, qu'ils me donnent tort, qu'ils donnent contre moi raison aux autres, qu'ils me rendent l'enveloppe, après l'avoir examinée, d'un air négligent, étonné et un peu désapprobateur : « Non, je ne vois pas. Il me semble qu'il n'y a rien là de très frappant... Cela me paraît vraiment sans intérêt. »

Comme autrefois dans mon enfance, quand j'avais peur, terriblement peur (c'était un sentiment d'angoisse, de désarroi) lorsque des étrangers prenaient mon parti contre mes parents, cherchaient à me consoler d'avoir été injustement grondé, quand j'aurais préféré mille fois que, contre toute justice, contre toute évidence, on me donne tort à moi, pour que tout reste normal, décent, pour que je puisse avoir, comme les autres, de vrais parents à qui on peut se soumettre, en qui on peut avoir confiance (c'est drôle, ces vieilles angoisses confuses, presque oubliées, de l'enfance, dont on se croyait guéri, et qui reviennent tout à coup, avec exactement la même saveur, dans les moments de faiblesse, de moindre résistance... La régression à un stade infantile, je crois que c'est ainsi que les psychiatres doivent appeler cela), je voudrais maintenant aussi qu'ils me donnent tort, qu'ils donnent contre moi raison aux autres, à ceux qui ne comprennent pas, qui ne veulent pas de moi, qu'ils ne me contraignent pas à prendre parti contre ceux-là, mais me rejettent vers eux, me permettent de me soumettre à eux, comme je le désire toujours, de leur faire confiance — pour que tout reste normal, décent.

Mais, comme il fallait s'y attendre, ils ont vu tout de suite : « Ces M... c'est très curieux. C'est en effet très caractéristique... A la fois agressive... la hampe est formidable... », ils sourient : « brutalement agressive et vautrée. Même les jambages du haut, si on les regarde de près, ont une mollesse spéciale, un peu gouailleuse et provocante. » Ils sont très forts. Mais je conserve pourtant, contre toute évidence, encore un vague espoir. J'insiste : « Oui, vraiment, alors vous aussi, vous trouvez cela ? Du reste vous la connaissez bien, je crois ? Et lui aussi ? Franchement, quelle est votre impression ? »

Ils ne semblent pas étonnés de mon insistance. Ils consentent généreusement, sans que cela puisse être d'aucun profit pour eux — je sais bien que ce n'est pas cela, eux, en ce moment, qui les occupe — à faire un petit effort : « Oui, je me souviens. J'étais allé les voir. Il y a déjà assez longtemps de cela. Il me semble qu'ils habitaient un vieil appartement avec des meubles 1900, des rideaux jaunes, brise-bise, très petit-bourgeois, donnant sur une cour sombre probablement. On devinait de vagues grouillements dans les coins, des choses menaçantes, vous savez... qui guettaient. Elle faisait penser, avec sa tête un peu trop grosse, à un énorme champignon poussé dans l'ombre. L'ensemble faisait assez dans le genre de Julien Green ou de Mauriac. » Ils sourient... « Elle devait aimer cela : leur grand bon fond de Malempia... »

Il me semble qu'ils ricanent un peu ; ils ont l'air tout réjouis de me montrer qu'ils connaissent cela aussi... Je sens que, par ce mot, ils viennent de faire un bond subit qui les rapproche de moi. Ils ont vu comme j'ai compris, tout de suite, trop vite... et mon très léger recul. Ils rient... « Ils devaient jouir de cela, elle et le vieux, tous les deux enfermés là sans vouloir en sortir, reniflant leurs propres odeurs, bien chaudement calfeutrés dans leur grand fond de Malempia. » Ce mot a l'air de les chatouiller un peu, de les exciter, il semble qu'il a ouvert en eux quelque chose, mû un ressort, quelque chose a l'air de se déclencher, leurs yeux brillent — le grand jeune homme efflanqué qui ressemble à Valentin-le-Désossé se renverse en arrière, ses longs doigts enlacés serrent son genou pointu, ses jambes maigres s'entortillent, sa lèvre se retrousse sur ses canines saillantes qui sont comme deux petits crocs, il a l'air de renâcler. Il se penche vers moi : « J'ai même entendu dire... » je les sens maintenant tout près, tout contre moi, je ne saisis pas très bien ce qu'ils me chuchotent à l'oreille... il me semble qu'ils me promènent quelque chose sur le visage, doucement, le plus délicatement possible pour ne pas m'effaroucher, en effleurant à peine, en rebroussant les duvets légers de la peau avec la pointe charnue des doigts, le plus doucement possible, retenant leur souffle... « j'ai même entendu raconter... on m'a dit que le vieux se lève la nuit... il ne dort jamais la nuit... il la fait venir... il la soupçonne toujours... » Ils appuient un peu plus... « il compte avec elle la nuit les torchons salis qui sèchent à la cuisine, les allumettes brûlées... il ramasse les vieux journaux... » Je sens qu'ils ne se retiennent plus, ils se laissent entraîner... « sa femme, du reste, est morte par manque de soins. Il paraît qu'il faisait porter à ses enfants du linge noir... c'était moins salissant... Vous voyez cela, tous vêtus de noir, couchés dans leurs lits, au fond des pièces sombres... » Ils rient, l'air enchanté, ils prennent et ils me jettent, de plus en plus excités, des racontars stupides, de vieilles réminiscences de faits divers, de grosses « tranches de vie » aux couleurs lourdes, trop simples, absolument indignes d'eux, de moi, mais ils se contentent maintenant de n'importe quoi, ils prennent n'importe quoi et ils l'étalent sur moi, ils m'empoignent n'importe comment, ils nous empoignent, moi, elle, le vieux, ils nous tiennent tous ensemble, pressés les uns contre les autres, ils nous serrent les uns contre les autres, ils se serrent contre nous, nous étreignent.

Le grand jeune homme efflanqué ferme les yeux et renverse de plus en plus son cou mince en arrière, comme un canard qui boit ; on entend le petit bruit excité que fait sa langue, rattrapant sa salive, tandis qu'il ajoute de nouveaux détails. Il rit d'un rire râpeux qui vous accroche par en dessous et vous traîne...

Cette fois, comme cela m'arrive presque toujours quand c'est allé un peu trop loin, j'ai eu l'impression d'avoir « touché le fond » — c'est une expression dont je me sers assez souvent, j'en ai ainsi un certain nombre, des points de repère comme en ont probablement tous ceux qui errent comme moi, craintifs, dans la pénombre de ce qu'on nomme poétiquement « le paysage intérieur » — « j'ai touché le fond », cela m'apaise toujours un peu sur le moment, me force à me redresser, il me semble toujours, quand je me suis dit cela, que maintenant je repousse des deux pieds ce fond avec ce qui me reste de forces et remonte...

J'ai senti, cette fois-là, que le moment était venu de remonter, de « faire pouce », le jeu avait été un peu trop loin. J'ai eu recours encore à un de mes moyens, que j'emploie dans les cas désespérés, semblable à ces trucs que les médecins découvrent empiriquement et qu'ils recommandent parfois, en désespoir de cause, à ceux qu'ils appellent « leurs névropathes », comme de s'exercer à sourire chaque jour devant la glace jusqu'à ce que la grimace, patiemment répétée, fasse surgir la gaieté (il me semble que je les entends dire avec leur

26

air de fausse solidarité doucereuse : « Quand nous avons l'infortune de ne pouvoir marcher droit, ne vaut-il pas mieux, n'est-ce pas, marcher à reculons si cela peut nous permettre de parvenir au but ? Cela réussit parfois, quoi qu'on en dise, de mettre la charrue avant les bœufs... »), eh bien, j'ai employé, moi aussi, un de mes trucs, un peu semblable à celui-là, fruit de tâtonnements pénibles, et qui me réussit parfois.

Je suis sorti dans la rue. Je sais bien qu'il ne faut pas se fier à l'impression que me font les rues de mon quartier. J'ai peur de leur quiétude un peu sucrée. Les façades des maisons ont un air bizarrement inerte. Sur les places, entre les grands immeubles d'angle, il y a des squares blafards, entourés d'une bordure de buis qu'encercle à hauteur d'appui un grillage noir. Cette bordure me fait toujours penser au collier de barbe qui pousse si dru, dit-on, sur le visage des macchabées. Je sais bien que ces sortes d'impressions ont dû depuis longtemps avoir été analysées, cataloguées avec d'autres symptômes morbides : je vois très bien cela dans un traité de psychiatrie où le patient est affublé pour la commodité d'un prénom familier, parfois un peu grotesque, Octave ou Jules. Ou simplement Oct. h. 35 ans.

Dans ses périodes de « vide » ou de « mal-mal », Oct. h. 35 répète que tout a l'air mort. Toutes les maisons, les rues, même l'air, lui paraissent morts : « On sent partout des enfances mortes. Aucun souvenir d'enfance ici. Personne n'en a. Ils se flétrissent à peine formés et meurent. Ils ne parviennent pas à s'accrocher à ces trottoirs, à ces façades sans vie. Et les gens, les femmes et les vieillards, immobiles sur les bancs, dans les squares, ont l'air de se décomposer. »

Je vois très bien cela. J'ai même dû voir cela, presque dans les mêmes termes, dans un traité de psychiatrie. Mais cela ne m'humilie pas. Je ne cherche pas l'originalité. Je ne suis pas sorti pour cultiver mes sensations personnelles, mais pour voir — je le désire de toutes mes forces — « l'autre aspect »; celui dont on ne parle pas dans les livres de médecine tant il est naturel, anodin, tant il est familier; celui que voient aussi Octave ou Jules dans leurs moments lucides, pendant leurs périodes de calme.

Il y a un truc à attraper pour le saisir quand on n'a pas la chance de le voir spontanément, d'une manière habituelle. Une sorte de tour d'adresse à exécuter, assez semblable à ces exercices auxquels invitent certains dessins-devinettes, ou ces images composées de losanges noirs et blancs, habilement combinés, qui forment deux dessins géométriques superposés; le jeu consiste à faire une sorte de gymnastique visuelle : on repousse très légèrement l'une des deux images, on la déplace un peu, on la fait reculer et on ramène l'autre en avant. On peut parvenir, en s'exerçant un peu, à une certaine dextérité, à opérer très vite le déplacement d'une image à l'autre, à voir à volonté tantôt l'un, tantôt l'autre dessin.

Ici, dans ces petites rues, quand je me promène tout seul, quand je suis dans un bon jour, je parviens parfois, plus facilement qu'ailleurs, à réaliser une sorte de tour d'adresse assez semblable pour faire apparaître « l'autre aspect ».

Je ne dois pas pour cela, comme on pourrait le croire, chercher à me rapprocher des choses, essayer de les amadouer pour les rendre anodines, familières — cela ne me réussit jamais — mais au contraire m'en écarter le plus possible, les tenir à distance, les prendre un peu de loin, de haut, et les traiter en étranger. Un étranger qui marche dans une ville inconnue. Et, comme on fait souvent dans les villes inconnues, appliquer sur les choses et maintenir en avant des images puisées dans des réminiscences, littéraires ou autres, des souvenirs de tableaux ou même de cartes postales dans le genre de celles où l'on peut voir écrit au verso : Paris. Bords de la Seine. Un square.

Il n'y a rien de mieux pour ramener en avant l'autre aspect. Les maisons, les rues, les squares perdent leur air inerte, étrange, vaguement menaçant. Comme des photographies qu'on a glissées sous le verre du stéréoscope, elles paraissent s'animer, elles prennent du relief et une tonalité plus chaude.

Ce jour-là, tout allait bien. Je réussissais assez rapidement. J'étais dans un bon jour. Je remontais. J'étais très résolu et assez calme. Je commençais déjà à sentir cette détente, cette légèreté particulière, cette indulgence, cette insouciance que j'éprouve en voyage. Les rues s'animaient. Elles prenaient de plus en plus l'air plein de charme, triste et tendre, des petites rues d'Utrillo. Les grands immeubles d'angle paraissaient osciller légèrement dans l'air gris. On aurait dit qu'un jet ténu, un mince filet de vie courait le long de leurs arêtes tremblantes.

Je poussai l'audace jusqu'à aller m'asseoir dans un square, sur une petite place, non loin de chez moi. Dans un coin, près de la barrière de buis, un arbre couvert de fleurs blanches se détachait sur un mur sombre, assez intense, presque vivant, comme il aurait pu être dans un square de Haarlem ou de Bruges. Je demandai, avec cette liberté, cette sorte de naïveté désinvolte des étrangers, à une petite vieille assise près de moi sur le banc, si elle savait le nom de cet arbre. Il y eut une lueur attendrie dans ses yeux, on aurait dit qu'elle venait justement d'y penser : « Je crois bien que c'est un alisier, Monsieur », dit-elle. Et tout devint vraiment très doux et calme. Je me sentais bien. J'avais pleinement réussi. Je me répétais, comme toujours dans mes bons moments, mes dictons favoris : aide-toi et Dieu t'aidera (« la sagesse populaire »), ou celui-là, que j'affectionne tout spécialement, je crois qu'on le cite toujours à propos du mariage, mais moi j'aime bien l'appliquer à « la vie » : elle est comme une auberge espagnole : on n'y trouve jamais que ce qu'on y apporte. Au lieu des petits vieux sinistres, de la « vieille au crayon » qui hantait, dans des endroits probablement assez semblables à celui-ci, le triste Malte Laurids Brigge, j'ai réussi, en sachant bien m'y prendre — il faut savoir montrer qu'on les voit du bon côté, qu'on leur fait confiance — à obtenir, sur cette place d'Utrillo, cette vieille assise près de moi qui murmure des choses très douces et qui regarde l'arbre blanc.

Quoi d'étonnant si dans cet état de détente si douce où je me trouvais, je n'ai pas eu le moindre pressentiment. Rien en moi de cette inquiétude légère, de cette vague excitation — mélange de crainte et d'attente avide — que je ressens toujours avant même de les apercevoir. C'est cela sans doute qui me donne souvent l'impression que c'est moi qui les fais surgir, qui les provoque. Parfois il m'est arrivé, pendant toute la durée d'un spectacle, de sentir leur présence dans la salle sans les voir. Ce n'est qu'à la sortie que j'apercevais tout à coup, au moment où elle disparaissait à un tournant de l'escalier, la ligne furtive de leur dos ou, dans une glace, parmi la foule qui s'écoulait devant moi, leur nuque. Certains détails, en apparence insignifiants, de leur aspect, de leur accoutrement m'accrochent tout de suite, m'agrippent — un coup de harpon qui enfonce et tire.

Là, je n'ai presque rien senti, un petit choc très amorti au moment où je l'ai aperçue se profilant dans la porte grillagée du square. Mais c'était suffisant. Je me suis levé tout de suite. J'ai traversé le square très vite, je courais presque, il ne fallait pas perdre de temps, il fallait la rattraper, la voir se retourner, il fallait s'assurer à tout prix que tout restait anodin, naturel, que tout allait bien... Pourtant c'est ce qui ne me réussit jamais — je le sais bien, cela ne me réussit jamais de chercher à me rapprocher des gens, des choses, d'essayer de les amadouer, je dois tenir mes distances, — mais je ne pouvais plus m'arrêter, c'était déjà, je le sentais, cette attraction qu'ils exercent toujours sur moi, comme un déplacement d'air qui happe, ce vertige, cette chute dans le vide...

Elle m'avait vu. Il était impossible d'en douter. Elle a aussi ce même flair surnaturel des choses. Elle sent cela : elle me sent dans son dos, et dans son dos aussi, sûrement, mon regard dans la glace, quand je la suis à la sortie d'un spectacle dans la foule. Elle m'avait pressenti, elle avait remarqué tout de suite sur le banc ma tête qui émergeait de la bordure de buis à côté des petits vieux pétrifiés, ou peut-être, juste entre les barreaux de la grille, la ligne de mes jambes croisées.

Elle avait vu cela sans même tourner la tête, avec le coin de son œil, sans regarder de mon côté, elle n'en avait pas eu besoin. La voilà qui presse le pas, mais pas trop cependant, elle a peur d'attirer mon attention, elle enjambe le trottoir, je reconnais maintenant très bien le balancement particulier de son bras qui tient le cartable d'écolière qu'elle porte toujours en guise de sac. Pour elle aussi, sans doute, c'est contraire aux règles du jeu, invraisemblable que je la suive, que j'ose l'aborder en ce moment. Elle a aussi, sûrement, en ce qui me concerne, ses pressentiments infaillibles, ses signes. Je suis si tendu... si ému... une volupté particulière, extrêmement douce et en même temps atroce et louche (toujours ce mélange d'attrait et de peur) me pousse en avant, vite, vite, je ne pourrais pas attendre un instant de plus au moment où je lui pose la main sur l'épaule et l'appelle. Elle m'avait vu : maintenant c'est certain. Sinon elle se serait retournée quand elle me sentait si près derrière son dos, quand j'allais la toucher.

Elle fait une sorte de bond de côté — juste ce que je redoutais, ce bond de côté, le derrière rentré comme une hyène — et se retourne. Ses yeux, comme des yeux d'hyène, fuient mon regard. Je souris d'un air doucereux, comme si de rien n'était, j'essaie de continuer à jouer le jeu : « Bonjour, comment ça va ? Je vous ai aperçue... j'étais là à me griller au soleil sur un banc, quand je vous ai aperçue dans la porte du square... » Elle ne dit rien, ses yeux courent de côté et d'autre comme deux billes affolées qui vont s'échapper ; je susurre presque tant je ploie, tant je m'efforce, me rapproche, tant je cherche à l'amadouer : « C'est si joli en ce moment, vous ne trouvez pas ? Tous les ans au printemps, bien qu'on se sente vieillir, on éprouve de nouveau... » Mais elle ne s'y laisse pas prendre. Elle sent très bien mon jeu et ce qui est là, entre nous, et que je veux cacher. Je la tiens coincée : elle reste devant moi sans bouger, elle se tortille seulement un peu, il me semble qu'elle tremble très légèrement, et elle approuve ce que je dis, juste en ponctuant avec docilité chacune de mes phrases d'un bruit sifflant, un hffi, hffi aspiré, rappelant les derniers hoquets d'une petite fille qui vient de sangloter et qui se laisse consoler. Il y a quelque chose de presque touchant dans sa passivité, dans sa maladresse qui l'empêche de répondre sur le même ton ; il y a même là, en comparaison de moi — je m'en rends compte vaguement — quelque chose qui ressemble à de la pureté. Mais je ne peux pas lâcher, je cherche à me rapprocher encore un peu : « C'est merveilleux, vous ne trouvez pas ? cette inquiétude exquise qu'on retrouve, malgré l'âge, certains soirs de printemps. Ces arbres de Paris... Ces petits squares... » Elle acquiesce, elle sourit de son sourire crispé... enfin elle se décide, ses yeux courent comme traqués, elle se tortille plus fort, elle me tend le bout de ses doigts durs, sa voix se fait toute mince, presque étranglée... « Je crois qu'il est très tard, je suis un peu en retard, je crois que je dois filer » (ce mot « filer », qu'elle emploie toujours : un mot qui rampe et mord, mais je n'ai pas le temps de m'arrêter à cela, non, pas maintenant), je sens une angoisse intolérable, un froid, comme un trou béant qui s'ouvre en moi, je dois faire un effort pour ne pas courir derrière elle, la rappeler, lui parler encore, me démener, la supplier : tout n'est peut-être pas encore perdu, tout peut encore être réparé... Mais elle a filé.

33

Je vois son dos aplati, comme poussé par le vent, qui tourne l'angle de la rue : une ruse — ce n'est pas son chemin, elle va faire un détour pour m'échapper le plus vite possible, fuir mon regard.

Elle doit marcher très vite maintenant, elle a perdu du temps à grimacer là avec moi, il faut qu'elle le rattrape, elle se dépêche, il y a quelque chose d'obstiné et d'avide, quelque chose d'aveugle et d'implacable dans la façon dont elle avance dans la bonne direction, coupe de biais les chaussées, son dos toujours rentré, comme menacé par-derrière d'un coup de pied, ses longues jambes maigres en avant.

Cela l'amuserait sûrement, si elle avait le temps de se préoccuper encore de moi, cela l'amuserait, maintenant qu'elle se sent libre, que je ne lui fais plus peur, de savoir que je suis là encore à la suivre, à l'épier... Elle monte l'escalier sombre et silencieux, aux murs tapissés de carton imitant le cuir de Cordoue. Elle fouille dans son sac pour la clé, vite, elle n'a pas de temps à perdre, il est tard, et puis elle sent probablement, comme moi tout à l'heure, une sorte de tremblement, d'excitation pénible et douce qui monte, qui augmente... A droite de l'entrée, débouche l'étroit couloir tendu de papier gris sale à bordure jaune, qui conduit au bureau. On y sent toujours, venant du cabinet de toilette, comme une vague odeur de poussière et d'urine, peut-être les relents du lavabo... Elle me narguerait sûrement maintenant, si elle en avait le temps : « Ah ! c'est donc cela ? La Bonifas ? Adrienne Mesurat ? C'est cela ? Les intérieurs sinistres donnant

sur des cours sombres? Leurs déroulements de serpents dans l'ombre? » Elle sourirait sûrement, comme
les autres, quand ils me répondaient avec leur drôle de
petit sourire, quand ils me taquinaient, me chatouillaient, quand ils voulaient m'exciter un peu avec leur
grand bon fond de Malempia. Je peux venir. Elle est
tranquille. Je peux m'accrocher comme un roquet têtu
qui ne veut pas lâcher prise. Je n'arracherai jamais
qu'un bien petit morceau de matière vivante...

Il est là, dans son bureau, tapi comme une grosse
araignée qui guette; lourd, immobile; il a l'air tout
replié sur lui-même, il attend. Il se dresse tout de suite
dès qu'il entend, venant de l'entrée, sa voix trop douce,
la voix qu'elle a toujours quand elle parle à la bonne,
la même qu'avec moi tout à l'heure, une petite voix
sans timbre, tout étranglée. Il traverse vite la pièce et
court se placer le dos tourné à la porte, devant la
cheminée sur laquelle il fait semblant de ranger des
papiers. Il a, comme elle, ces bonds furtifs, ces
préparatifs de la dernière seconde, ces rétablissements
rapides : on peut le surprendre parfois, rajustant en
hâte son visage derrière la porte avant qu'on ouvre.

Elle se tient dans la porte... Et cela commence
presque tout de suite entre eux... Leurs déroulements
de serpents... Mais je sens que je n'y suis plus très
bien, ils ont pris le dessus, ils me sèment en chemin, je
lâche prise... Elle doit demander quelque chose, il
refuse, elle insiste. Cela porte presque sûrement sur
des questions d'argent... Je me rappelle le jeune
homme efflanqué qui ressemble à Valentin-le-Désossé,
quand il se penchait vers moi : « Julien Green?... ou
Mauriac?... On dit qu'il se lève la nuit, ramasse de
vieux journaux... » Ils s'amuseraient beaucoup de moi

maintenant... Il doit y avoir des bruits de coups, des cris... Et puis le silence. Encore quelques claquements de portes. Une odeur de valériane dans le petit couloir... C'est accompli... La voilà qui ressort déjà, yeux et joues encore rouges. Elle se hâte à grands pas, le dos humble et furtif comme toujours. Seul le cou tendu en avant est plein d'une raideur agressive et la tête a l'air d'un poing serré : « Ce qu'il a été carne », se dit-elle.

Elle est fermée maintenant, murée de toutes parts, beaucoup plus forte que tout à l'heure. Elle ne me verrait pas, elle ne me remarquerait même pas, cette fois, si je me tenais blotti, comme je fais parfois, sous le porche d'en face, les yeux fixés sur la double porte vitrée qui luit au fond du vestibule comme une eau noire, attendant de les voir surgir. Ou peut-être elle me lancerait juste en passant un regard de côté, un coup d'œil complice et amusé, si elle m'apercevait par hasard, blotti là, sous le porche, à guetter.

Rien ne les amuse autant, dans leurs bons moments, quand ils se sentent assez forts, que ces sortes chez moi de petites faiblesses. Ils s'en amusent parfois beaucoup. Ils jouent. Me mordillent même un peu en passant, juste pour me taquiner, et je me laisse toujours faire.

Je me souviens de lui, une fois... Il est beaucoup plus fort qu'elle dans ces jeux.. Parfois même très subtil. Je l'avais croisé dans l'escalier. Il m'avait reconnu tout de suite, il avait ri de son gros rire faussement bonhomme : « Eh bien, tiens, c'est bien vous ? Je me demandais si c'était vous qui montiez là si vite... Toujours pressé, hein ? hein ? où courez-vous comme ça ? Toujours préoccupé ? hein ? Toujours inquiet ? »

Tout de suite, je perds pied avec lui, je réponds timidement, en bafouillant un peu, avec un sourire déjà un peu honteux, gêné. Il sent vaguement avec son flair subtil quelque chose en moi, une petite bête apeurée tout au fond de moi qui tremble et se blottit. Il cherche, comme on fouille avec le bout d'une tige de fer pour dénicher un crabe dans un creux de rocher, d'abord un peu au hasard : « Eh bien, toujours des projets cette année ? des voyages ? la Corse ? l'Italie ? hein ? hein ? » Il sent remuer quelque chose, il serre de plus près, il appuie. Sa grosse masse boursouflée avance sur moi, m'aplatit contre le mur : « La Grèce ? Le Parthénon ? hein ? hein ? Le Parthénon ? Les musées ? Les mystères d'Éleusis ? hein ? Vous êtes allé à Éleusis ? L'art ? Florence ? Les tableaux ? Les Offices ? Vous êtes allé voir cela ? hein ? hein ? » Je recule, je me fais tout petit contre le mur, je baisse les yeux... il sent maintenant que c'est bien là, il enfonce la pointe de fer, il pique tout droit, il rit : « Et Sceaux ? Qu'en pensez-vous ? Sceaux-Robinson ? hein ? Vous connais-sez cela ? » La petite bête apeurée se blottit tout au fond, ne bouge plus — il la tient... « Et Bagneux ! Ça ne vous dit rien ? Et Suresnes ? Ça ne vous dit rien, hein, cela ? Bagneux ? Sceaux-Robinson ? » Il s'amuse énormément. A la fin il me lâche : je lui fais peut-être pitié ou je le dégoûte trop peut-être, ou bien il a obtenu ce qu'il voulait, il se sent apaisé, ou peut-être désire-t-il terminer en beauté, ne pas laisser de traces — cela lui ressemble... Il s'écarte un peu, il regarde au loin, l'air subitement sérieux, son air un peu ému, sincère, qui lui donne tant de charme : « Ah ! oui, pour moi ce sont de bons souvenirs, tout cela, Suresnes... Le Pont de Saint-Cloud... J'y vais encore quelquefois. Je me souviens, autrefois, les dimanches après-midi, vous n'étiez pas encore né, hein, à cette époque-là... » Il rit de son bon gros rire... Il me donne de grandes tapes sur l'épaule... Je commence presque à douter... Qu'ai-je donc été chercher ? Je tombe même sous le charme. J'acquiesce de bon cœur, et il me quitte enchanté, après une dernière bonne grosse tape amicale, protectrice, sur l'épaule.

C'est juste après, quand il est déjà parti, que je sens en moi, sans pouvoir le situer, un malaise vague, comme une démangeaison légère que je gratte ici et là, une brûlure comme celle que laisse le contact de l'ortie.

Ils aiment ainsi s'amuser un peu de moi de temps en temps, à leur manière, insidieuse et subtile. Je ne leur fais pas peur. Cela arrive rarement que je les surprenne comme elle tout à l'heure devant le square, quand je l'ai saisie en plein mouvement, à un moment où elle ne s'y attendait pas, quand elle a fait son bond de côté et qu'elle s'est tortillée sous mon regard, fragile et nue comme un bernard-l'ermite qu'on a tiré hors de sa coquille. Mais cela n'a pas été long, elle s'est ressaisie très vite, dès qu'elle a eu tourné l'angle de la rue ; elle a retrouvé sa coquille bien vite, sa carapace où elle se tient à l'abri.

Elle est bien protégée, inattaquable, fermée, gardée de toutes parts... Personne ne peut l'entamer. Personne ne la reconnaît, quand elle passe, avec sa tête crispée, ses yeux saillants et durs fixés droit devant elle, son air têtu et sûr d'insecte.

Personne ne les reconnaît, quand elles sortent et vont, comme elle, longeant les murs, avides et obstinées.

Elles se tiennent derrière les portes. Elles sonnent. Le nerveux-de-la-famille, replié au pied de son lit, tapi au fond de sa chambre qui donne sur la petite cour humide, entend leur coup de sonnette. Il l'attendait, les yeux fixés sur son réveil : un petit coup précis qui n'arrivera jamais en retard, mais plutôt en avance, toujours plutôt cinq minutes en avance. Il le reconnaît tout de suite : furtif, un peu quêteur, et déjà agressif, implacable. Un petit coup bref et froid qui se répétera à intervalles réguliers, calmement espacés, autant de fois qu'il sera nécessaire pour qu'on ouvre.

Elles sont derrière la porte. Elles attendent. Il sent comme elles se déplient, se glissent insidieusement vers lui. Elles palpent. Elles tendent vers le point sensible, un point vital en lui, dont elles savent exactement l'emplacement, leurs ventouses.

Personne ne les reconnaît, sauf lui, quand elles se tiennent sur les seuils, lourdes comme ces poussahs lestés de plomb à leur base qui se redressent toujours quand on les couche par terre, quand on les jette par terre, les renverse. Elles se redressent toujours. On a beau les griffer, les mordre, les jeter dehors en hurlant, les secouer, les lancer en bas de l'escalier — elles se relèvent, légèrement endolories, tapotent les plis de leur jupe, et reviennent.

Personne ne les reconnaît, quand elles passent, correctes, soigneusement chapeautées et gantées. Elles reboutonnent attentivement, avant d'entrer, leurs gants, sous le porche. Les concierges qui prennent le frais, assises sur le pas de leurs portes, les après-midi d'été, les regardent passer : des grand-mères à qui on ne laisse pas assez souvent voir leurs petits-enfants, des filles qui vont rendre visite au moins deux fois par semaine à leur vieux père, ou bien toutes sortes de femmes délaissées, de femmes maltraitées qui viennent s'expliquer.

Autrefois, quand elles étaient encore toutes jeunes, beaucoup moins résistantes, moins fortes, un œil très exercé aurait pu les déceler — avides déjà et lourdes, toutes lestées de plomb — en train de guetter, d'attendre, sur les banquettes de peluche des cours de danse, ou dans des salles de bal, ou bien dans des casinos de plages à la mode, assises à l'heure du thé autour des petites tables, près de leurs parents. Quelque chose d'épais et d'âcre filtrait d'elles comme une sueur, comme un suint. Toutes sortes de petits désirs rampants, mordants, se déroulaient en elles comme des petits serpents, des nœuds de vipères, des vers : des désirs secrets et corrosifs, un peu dans le genre de ceux de la Bovary. Elles regardaient passer devant elles, glissant sur les parquets, des jeunes gens élégants qui ressemblaient beaucoup, aussi, à ceux que la Bovary avait remarqués autrefois, au bal. Ils avaient le même air, les mêmes mouvements dégagés et souples du cou ; ils laissaient comme eux flotter au hasard leurs regards indifférents ; ils avaient la même expression de satisfaction distante, un peu obtuse. Les tentacules qui sortaient d'elles déjà, ces petites ventouses qui sucent, qui palpent, les effleuraient à peine. C'est à peine s'ils sentaient une sorte de chatouillement, comme si des fils légers de la Vierge les frôlaient, s'accrochaient à leurs vêtements, mais ils les détachaient sans même y prendre garde, tout en avançant. Elles les regardaient qui glissaient tout près d'elles sans les voir, fixant dans le vide leurs yeux élégamment inexpressifs et froids de carpes, se dirigeant avec sûreté, loin d'elles, guidés par de mystérieux, d'indécelables courants.

Plus tard, la nuit, dans leurs lits, elles devaient sangloter, tordre leurs bras avec emphase, chercher à comprendre, implorer la Providence...

Mais petit à petit elles avaient acquis de l'expérience, de l'assurance. Elles avaient réussi petit à petit, avec ces à peine perceptibles mouvements, si délicats, de l'oiselet, cet infaillible instinct qui lui fait trier exactement ce dont il a besoin pour se construire son nid, elles avaient réussi à attraper, par-ci par-là, dans tout ce qu'elles trouvaient autour d'elles, des bribes, des brindilles qu'elles avaient amalgamées pour se construire un petit nid douillet, à l'intérieur duquel elles se tenaient, bien protégées, gardées de toutes parts, bien à l'abri.

C'était extraordinaire de voir avec quelle rapidité, quelle adresse, quelle vorace obstination, elles happaient au passage, faisaient sourdre de tout, des livres, des pièces de théâtre, des films, de la plus insignifiante conversation, d'un mot dit au hasard, d'un dicton, d'une chanson, de tableaux, de chromos — *Enfance, Maternité, Scènes champêtres,* ou *Les joies du foyer,* ou bien même des affiches du métro, des réclames, des préceptes édictés par les fabricants de poudre de lessive ou de crème de beauté (« Madame, si vous voulez savoir ce qui retiendra près de vous votre mari... »), des conseils de Tante Annie ou de l'Abbé Soury —, c'était extraordinaire de voir comme elles savaient saisir dans tout ce qui passait à leur portée exactement ce qu'il fallait pour se tisser ce cocon, cette enveloppe imperméable, se fabriquer cette armure dans laquelle ensuite, sous l'oeil bienveillant des concierges, elles avançaient — soutenues par tous, invincibles, calmes et sûres : des grand-mères, des filles, des femmes maltraitées, des mères —, se tenaient derrière les portes, appuyaient de tout leur poids sur les portes comme de lourdes catapultes.

Il m'est arrivé parfois, étant assis près d'elles dans une salle de spectacle, de sentir, sans les regarder, tandis qu'elles écoutaient près de moi, immobiles et comme pétrifiées, la trajectoire que traçaient à travers toute la salle ces images, jaillies de la scène, de l'écran, pour venir se fixer sur elles comme des parcelles d'acier sur une plaque aimantée. J'aurais voulu me dresser, m'interposer, arrêter ces images au passage, les dévier, mais elles coulaient avec force irrésistible droit de l'écran sur elles, elles adhéraient à elles, et je sentais comme tout près de moi, dans l'obscurité de la salle, immobiles, silencieuses et voraces, elles les agglutinaient.

Je devais avoir un air un peu bizarre ; je m'en apercevais aux regards légèrement étonnés, amusés des passants. Je marchais très vite, je courais presque, comme cela m'arrive dans mes moments d'excitation, quand je m'abandonne à des divagations de ce genre, à mes « visions », comme j'aime les appeler pompeusement. Je devais sourire tout seul : quelqu'un, en me frôlant, me glissa d'une voix aiguë : « Oh! qu'il a l'air content... »

J'étais très content, en effet, très satisfait. Je courais, je volais à travers le boulevard, droit vers le petit café où je savais que je pourrais le trouver à cette heure-là, j'avais terriblement envie de le voir, de lui faire part tout de suite, il fallait battre le fer tant qu'il est chaud, ne pas perdre de temps... Il était là, en effet, assis à notre place habituelle dans l'une des salles du fond ; il m'attendait, le vieux frère, l' « alter », comme nous nous appelions autrefois mutuellement, le vieux comparse.

J'ai vu, à la lueur aguichée qui coula de ses yeux mi-clos, qu'il avait compris tout de suite, en m'apercevant, que ce serait un bon jour, que j'apportais un morceau d'importance. Il me connaît. Il y a longtemps que je l'ai habitué à mes jeux. Je l'ai dressé. Notre complicité remonte encore au temps où nous nous amusions, isolés loin des autres dans un coin de la cour du lycée, à dépecer délicatement, par petits morceaux, nos camarades, nos maîtres, nos parents, les amis de nos parents, et jusqu'aux boutiquiers de notre quartier, à qui nous avions recours quand le stock commençait à s'épuiser. Depuis, à ses moments perdus, je l'entraîne. Il est du reste très doué. Sa branche à lui, du temps de nos ébats d'écoliers, était l'imitation. Il était excellent. Je lui promettais qu'il serait un grand acteur. Nous nous complétions bien : le dépeçage préalable l'aidait à découvrir des finesses, des expressions ou des intonations d'une grande subtilité. Maintenant il ne fait que bricoler un peu, à ses moments perdus, poussé par moi, toujours content s'il peut à l'occasion me donner un petit coup de main. Mais ce que j'apprécie surtout en lui, c'est qu'il continue à me faire crédit toujours, comme autrefois, au temps où je me pavanais devant lui, plein d'assurance, dans la cour du lycée, comme si rien n'avait changé, comme s'il n'avait jamais remarqué ce que je suis devenu depuis.

Je me laisse glisser contre lui sur la banquette de toile cirée, le dos à la glace. La petite salle est chaude, toute remplie de fumée. Nous sommes là tous les deux, comme autrefois, serrés l'un contre l'autre, isolés de tous les autres.

J'éprouve cette sensation délicieuse, douillette, qu'on a au moment de plonger dans un bain tiède. Je ne me presse pas. Je savoure. Il attend patiemment. Enfin doucement je plonge... « Je l'ai vue, tu sais, je l'ai revue, elle a surgi brusquement, à un moment où je ne m'y attendais pas, pendant que je me prélassais sur un banc, dans un square. Toujours à leur manière : des personnages à la Pirandello. C'était si fort, cette fois, que j'ai failli ne pas y croire. J'ai couru derrière elle, naturellement, c'était plus fort que moi, je l'ai rattrapée, elle a eu peur, elle n'était pas assez préparée, elle tremblait littéralement... Tu sais : leurs peurs... comme ils tremblent, se tortillent, leurs hontes... on n'ose pas saisir leur regard... tu te souviens... les gens-qui-vous-donnent-chaud? Elle a fait, en se retournant, un bond, le derrière rentré, un vrai bond d'hyène, horrible... » Il me semble qu'il laisse couler

44

sur moi, de sa paupière baissée, délicieux comme un courant chaud qui me parcourt, son regard appréciateur... « Mais après, dès qu'elle s'est échappée, j'ai vu tout à coup, dans l'expression de son dos, quelque chose qui m'a frappé, quelque chose d'avide et de lourd. Une sorte de détermination terrible... Elle allait chez le vieux, c'est certain. Écrasant tout. Une force aveugle, implacable. Une catapulte. C'est là que cela m'est venu... » Il sourit : « Ah! c'est donc toujours cela ? Cela te reprend ? Tu te rappelles la fois où nous avions tant ri... Nous avions imaginé que je flânerais un jour dans un musée ou bien dans une exposition quelconque et que je verrais tout à coup sur le mur, à côté du *Portrait de M*ᵐᵉ *X.* ou de la *Jeune Fille au Perroquet,* quelque chose que je reconnaîtrais tout de suite, à vingt pas, comme étant de toi, portant indiscutablement ta griffe, ta marque... Il rit... A côté de la *Jeune Fille à l'Éventail,* un portrait exquis, ton œuvre, comment l'appelais-tu donc?... ah! oui... c'était bien de toi... *l'Hypersensible aux...* » C'est vrai, comment avais-je pu oublier, cela me revient maintenant, *l'Hypersensible-nourrie-de-clichés...* Son nom. C'était ainsi que je l'avais déjà appelée autrefois... C'est vrai... C'est ainsi qu'elles sont toujours, mes découvertes... C'est à cela qu'aboutissent le plus souvent mes états de triomphe, d'euphorie : à prendre pour des trouvailles de vieilles choses oubliées... A ressasser sans fin...

Mais je me cramponne encore : « Écoute, mais blague à part, cette fois je crois que je tiens le bon bout, que je suis sur la bonne piste... » Je lui raconte tout : les goules tapissées de ventouses qui attendent derrière les portes, les catapultes, les poussahs, les vierges à

l'ancienne mode, affalées sur les banquettes des salles
de bal, les grand-mères aux lèvres pincées qui reboutonnent leurs gants avant de sonner, les larves qui
agglutinent dans l'obscurité des salles de cinéma leurs
cocons de clichés... Je sens qu'il n'aime pas cela, mais
je veux absolument le convaincre, j'insiste : « Je
t'assure, il me semble que maintenant je les vois : tous
ces remous en eux, ces flageolements, ces tremblements, ces grouillements en eux de petits désirs
honteux, rampants, ce que nous appelions autrefois
leurs « petits démons », un seul mot, une seule bonne
grosse image bien assenée, dès qu'elle pénètre là-
dedans, c'est comme une particule de cristal qui tombe
dans un liquide sursaturé : tout se pétrifie tout à coup,
se durcit. Ils se recouvrent d'une carapace. Ils deviennent inertes et lourds... Je les vois — le vieux aussi,
malgré ses airs désabusés, ses airs de « celui qui a tout
compris, tout pardonné », qu'il prend toujours, le
vieux aussi, il est exactement comme elle, ils se
ressemblent —, je vois la scène entre eux, comme ils
s'affrontent, comme ils luttent front contre front,
engoncés dans leurs carapaces, leurs lourdes armures :
« Je suis le Père, la Fille, mes Droits. » Ils sont
enfermés là-dedans. Ils ne peuvent se décrocher... La
lutte aveugle et implacable de deux insectes géants, de
deux énormes bousiers... »

Mais il a toujours son air un peu mécontent. Il
paraît mal à l'aise, gêné, il pose la main sur mon bras :
« J'ai pensé à toi, justement l'autre jour : je l'ai
rencontré, lui, le vieux, comme tu l'appelles, il m'a fait
une petite séance qui t'aurait intéressé... toujours à sa
manière brutale, bizarre... sa façon de lancer les mots
comme des lassos... tu sais... toujours son gros rire...

Eh! bien, comment ça va? Hein? Et alors? Le temps
passe? On change, hein? On vieillit... Et la petite
famille? Et les enfants? On change... On passe dans
une autre catégorie... On change de catégorie. Vous
connaissez cela, hein, les catégories? Vous connaissez
cela? La catégorie du fils, du père, du grand-père, la
catégorie de la mère, de la fille?... Il riait de son rire
bizarre, toujours un peu en dessous, il insistait : Hein?
hein? les catégories? le Père... la Fille... il me semblait
qu'il m'appuyait sur la nuque par-derrière et me
mettait le nez dedans, comme à un chiot qu'on dresse.
Je sentais qu'il essayait de me « posséder ». Je t'assure
qu'il n'est pas dupe, il n'y croit pas. A ta place, je me
méfierais. » Il regarde devant lui et se sourit à lui-
même d'un petit sourire secret, presque tendre : « Et
elle, tu te souviens de ce goût si fin qu'elle avait
autrefois, des griffonnages si surprenants de sa main en
marge des *Illuminations*? Tu te rappelles son mot,
quand elle flairait (elle avait un flair très sûr) quelque
chose d'un peu douteux, son mot : c'est du réchauffé...
ça fait cliché... il laisse glisser sur moi un coup d'œil
rapide... votre mot à tous les deux... Elle le disait en
ricanant, avec son accent gouape, cet accent mordant
et mièvre... çaa... fé... cli-i-ché... les voyelles grasseyan-
tes, vautrées au fond de sa gorge. Cela te rendait
malade... Tu la haïssais tellement... » Il réfléchit :
« Curieux, au fond, que ce soit aussi un mot que tu
affectionnes... ton mot à toi... » Nous nous taisons. Je
sens qu'il craint de m'avoir atteint quelque part très
loin, à un endroit particulièrement sensible. Il cherche
à rebrousser chemin. Il veut me donner un léger
dédommagement : « Mais au fond, moi je ne sais
pas... tu as peut-être raison... tu as sûrement raison, en

tout cas, pour toute une catégorie de gens... Comme par exemple ma mère, ma tante... les « revendicatrices »... pour elles, je ne dis pas... à elles ta petite idée s'applique vraiment très bien... Imagine-toi que l'autre jour... » Je le sens qui va glisser maladroitement vers l'anecdote, le racontar (ce que je déteste le plus), mais je fais un effort pour avoir l'air de m'intéresser, je lui pose des questions, je raconte à mon tour : il ne faut à aucun prix laisser se refroidir cette eau torpide et douce où nous nous sommes plongés — notre intimité — ce bain tiède.

Nous restons là longtemps encore, de plus en plus amollis, affaiblis, à tremper, à ressasser sans fin... La salle est presque vide. La fumée me mange les yeux. J'éprouve un malaise vague, comme un mal de cœur léger — un agacement, comme lorsqu'on a croqué longtemps sans pouvoir s'arrêter des cacahuètes ou des grains de tournesol, ou quand on se ronge les ongles. J'ai l'impression de mâcher à vide. Je voudrais me lever, partir, mais je n'ose pas affronter ce sentiment d'arrachement, de froid, et aussi cette gêne pénible qui nous saisit chaque fois au moment de nous séparer, après nos petites parties de plaisir.

Je le savais bien. Je le savais déjà très bien, tout au fond de moi, tandis que je courais, plein de joie, d'espoir, vers le café, je savais que je ferais mieux de rentrer chez moi, me terrer dans mon coin, examiner tout seul, sans la montrer à personne, ma découverte, faire encore un effort, pousser plus loin, tout seul. Mais c'est plus fort que moi : je ne peux pas résister à ce besoin, dès que je sens poindre au loin le moindre semblant de succès, de retarder l'effort final, de me détendre tout de suite, de jouer, de savourer sans fin l'attente, à ce besoin, surtout, toujours, de me galvauder. C'est cela qui me perd, je le sais. La voilà maintenant, ma belle trouvaille, ma petite « vision », voilà ce qu'elle est devenue, après que nous nous fûmes livrés sur elle une fois de plus à nos jeux d'enfants malsains, nos jeux de chats : elle gît entre nous deux maintenant, déchiquetée, inerte et grise, une souris morte.

« De qui médisez-vous ? » cela vient de me lacérer tout à coup. Cela me transperce et me cloue là, sur ma banquette. (Rien que de me rappeler cela, maintenant, comme on dit : « le rouge me monte aux joues », j'ai chaud.)

« De qui médisez-vous ? » Elle s'était approchée de nous, elle s'était glissée entre les tables sans que nous l'ayons vue, nous étions cette fois encore si absorbés, penchés l'un vers l'autre, en train de parler, tout excités, occupés à nos jeux favoris.

« De qui médisez-vous ? » Nous avions tressauté, nous avions fait juste quelques soubresauts légers, comme des grenouilles galvanisées, avant de nous pétrifier, cloués sur notre banquette, avec sur notre visage un faible sourire figé. Le coup était très bon. Un de ces coups adroits et sûrs, comme ils savent en donner, semblable aux coups de dard merveilleusement précis par lesquels certains insectes paralysent, dit-on, leurs adversaires en les frappant exactement dans leurs centres nerveux. Le premier moment de stupeur passé, quand nous revînmes à nous, je sentis que mon ami me jetait un de ses regards admiratifs

49

(hé ! hé ! ce n'est pas mal...), il m'attribue toujours ces sortes d'apparitions, il lui semble aussi, comme à moi, que c'est moi qui les fais surgir, qui les provoque.

Elle s'assit à notre table — « Je ne dérange pas ? » — elle était sûre d'elle cette fois, pleine de désinvolture. C'est sa présence à lui, je le sais, qui la rend ainsi. Il y a quelque chose d'insaisissable en lui, qu'ils sentent tous immédiatement, qui les contient, les empêche de déborder : il agit sur eux comme le moule de plâtre sur les os trop mous ou déformés, il les maintient droits, les redresse ; au contraire de moi qui exerce toujours sur eux une influence mystérieuse comme celle de la lune sur les marées : je provoque en eux toujours des courants, des lames de fond, des remous ; avec moi ils se soulèvent, s'agitent, débordent, je les lâche ; lui, au contraire, sans le vouloir probablement — ces choses-là, c'est toujours inconscient — il les tient. Nous nous neutralisions en tout cas, lui et moi, et même il l'emportait : elle paraissait maîtresse d'elle-même, très calme. Elle semblait m'ignorer. Ils s'étaient mis à parler entre eux du livre qu'elle tenait sous le bras (je crois que c'était quelque chose comme *Les Stèles* de Segalen). Je sais que dans cet état de salutaire assoupissement où il la tient, elle ne compte guère avec moi, elle me traite comme quelqu'un de négligeable ; je sais qu'elle me trouve toujours, quand elle est dans cet état, un peu infantile et fruste, assez inculte. J'ai senti cela tout de suite à l'air légèrement négligent avec lequel elle écoutait, avant de se détourner de moi, les quelques remarques que j'essayais de glisser dans leur conversation en bafouillant. Je suis si influençable, moi aussi, si suggestible. L'impression que les gens ont de moi déteint sur moi tout de suite, je deviens tout de suite et malgré moi exactement comme ils me voient.

Je faisais pourtant de mon mieux pour glisser, dès que je le pouvais, mon grain de sel dans leur conversation, mais sans aucun succès, d'une voix timide et mal posée, cette voix que j'ai toujours dès que je ne me sens pas sûr de moi. Cela me travaillait, ce besoin qui me tourmente comme une démangeaison, dès que je la vois, de me rapprocher d'elle, ce besoin de l'amadouer, de la séduire.

Au moment de nous séparer, tandis qu'elle me serrait la main, dehors, sur le trottoir, je vis, pendant un court instant, très rapide, de nouveau son regard traqué : elle avait hâte maintenant de nous quitter, elle avait peur, sans doute, de se trouver seule avec moi.

Seulement, cette fois, je ne me laisse pas faire : « Ah ! vous allez par là ? Eh bien, mais justement c'est mon chemin, je peux passer par là aussi... Mais non, mais pas du tout, ça ne m'allonge pas... » Elle voudrait se dégager, mais il n'y a pas moyen, je m'attache à elle, je la suis... nous traversons le carrefour, nous enjambons ensemble les trottoirs, nous nous engageons dans le boulevard de Port-Royal... Je colle à elle comme son ombre... « Du réchauffé, cela, dirait-elle, les petites promenades de ce genre. Un procédé. Un peu à la manière de Dostoïevski. De vagues réminiscences de scènes un peu semblables dans *L'Éternel Mari* ou dans *L'Idiot*... De la littérature... » Je sais bien... Je sais qu'il est infiniment plus vraisemblable qu'après lui avoir serré la main, je sois rentré chez moi. Je sais que c'est ainsi que cela a dû se passer : j'ai dû « filer » de mon côté, l'échine un peu pliée, penché un peu en avant pour mieux contenir, pour mieux porter jusqu'à chez moi ce poids, cette douleur pesante que je sentais en moi ; j'ai été me cacher dans mon coin comme un chien malade. Seulement j'en ai assez. Je ne veux plus de cela. Assez. Ils m'ont assez « eu », comme on dit. Ils se sont assez joués de moi. Je ne me laisserai plus faire. Je ne lâcherai pas. Je ne lâche pas... Nous marchons tous les deux côte à côte. Nous voici longeant le mur du boulevard de Port-Royal : un long mur triste d'asile ou d'hôpital, un de ces murs que Rilke rencontrait partout, dans ses promenades mélancoliques, lors de ses premiers séjours ici. C'est sur ce mur que se détache toujours pour moi le fiacre au fond duquel se ballottait, sur son cou entouré de bandages, la tête livide de l'homme au pansement. Il n'y a rien de tel aujourd'hui pour donner à un mur quelque chose d'un peu tragique, de scénique, d'assez hallucinant, que de projeter sur lui la forme noire, irréelle et aiguë d'un fiacre.

Ce mur me convient très bien comme fond. Nos silhouettes sombres se découpaient sur lui : elle, son dos aplati, ses jambes maigres lancées en avant, sa tête tendue en avant comme un poing, ses yeux saillants et durs fixés droit devant elle ; moi, trottinant à son côté, tourné vers son profil, avec sur mon visage ce sourire étrange, obséquieux, sinistre, niais, exaspérant, qui apparaissait parfois, à des moments semblables, sur la face de l'Éternel Mari. Mais attention. Je ne joue plus. Nous voici arrivés. Attention. Rien ne va plus. Les jeux sont faits. Nous voici arrêtés maintenant, l'un en face de l'autre, au coin de la rue Berthollet. Elle me regarde. Ses yeux ne courent pas. Ils sont fixés sur moi. Deux grosses billes dures qui appuient sur mes yeux : un reste de son assurance de tout à l'heure... ou bien elle sent ce qui se prépare et elle appuie de toutes ses forces sur moi pour me repousser, me contenir. Mais elle ne m'arrêtera pas.

Il y a des mots — anodins en apparence comme des mots de passe — que je ne prononce jamais devant elle, je m'en garde bien. Je les contourne toujours de très loin, je prends des précautions pour les éviter, je surveille toujours, quand elle est là, tous les abords, pour les empêcher de surgir, et si quelqu'un, dans son ignorance, dans son innocence, les prononce en sa présence devant moi, je fais semblant, pour la rassurer, de ne rien voir, je prends cet air inconscient, faussement distrait, qu'affectent dans la chambre d'un malade les gens délicats ou timorés au moment où l'on apporte la chaise percée ou le bock à lavement.

Ces mots me font très peur. J'aurais l'impression, en les disant devant elle, d'arracher un pansement et de mettre à nu une plaie à vif... « l'Écorchée vive... » « l'Hypersensible... » il me semble que je mettrais à nu ses plaies.

Mais cette fois, je suis décidé, calme comme le chirurgien devant la table d'opération quand il enfile ses gants et prend sa pince : je saisis délicatement un des coins du pansement... je tire. « Et Monsieur votre père ? Comment va-t-il ? On m'a dit que vous aviez déménagé ? Vous n'habitez plus avec lui ? » Ses yeux courent de côté et d'autre comme cherchant une issue pour fuir, une crampe lui tire la joue, sa tête est toute crispée, tendue, comme prête à craquer, elle ne dit rien — elle ne doit pas pouvoir parler — je rassemble tout mon courage et je tire, j'arrache tout : je dis, en articulant chaque mot (j'ai si peur qu'il me semble que je crie, ma voix résonne sur tout le boulevard) : « Ça doit être dur pour vous. La famille. On a beau dire. Un père. Rien ne peut remplacer cela. Un père, un refuge, un havre, un port dans les intempéries de la Vie. Le plus sûr soutien... » Je regarde. Comme dans les contes de fées, dès que l'incantation magique a été prononcée, le charme opère, la métamorphose se fait : il se produit dans tous ses traits comme un glissement, il me semble qu'ils se défont, s'étirent et tremblent comme reflétés dans l'eau ou dans un miroir déformant, et puis son visage devient tout plat, sa tête s'affaisse dans ses épaules et pend un peu en avant vers moi d'un air quêteur, ses yeux se remplissent de larmes, elle renifle et s'essuie le nez d'un geste infantile, avec le revers de sa main : « Ah ! hffi, vous trouvez ? Vous croyez aussi ? Vous savez, c'est dur avec lui. Il ne peut pas comprendre... Il y a des moments... C'est dur pour une femme seule, vous savez. Et je n'ai plus personne que lui... »

Cela me donne envie, à la voir ainsi aplatie, vautrée devant moi, offerte, de la prendre par son cou tendu et de la lancer par-dessus les toits, je voudrais la voir, comme les sorcières des contes de fées, voler par-dessus les cheminées, poussant des cris aigus, tricotant l'air de ses jambes crochues, les pans de son manteau noir déployés au vent. Mais nous ne sommes pas, malheureusement, dans un conte de fées. Je dois maîtriser en moi le dégoût, la haine qui monte. Rester calme. Ne pas lâcher.

Il aurait beau maintenant, l'alter, me dire encore de me méfier — elle est si subtile, si fine, elle a compris mon jeu, sûrement, et me joue peut-être en retour la comédie pour se moquer de moi, pour me « faire marcher » — je ne le croirais pas. Non, il n'y a pas de danger. J'ai prononcé les mots qui arrêtent chez elle tout net les plaisanteries, les ricanements, les airs cyniques et dégoûtés, et qui lui font baisser la tête religieusement comme le son de la clochette pendant la messe fait baisser la tête aux croyants. J'ai ouvert la porte du Domaine Sacré où elle n'avance qu'avec le plus profond respect, pleine de crainte, où elle ne se permettrait jamais — oh! non, pas dans ce domaine-là, ce serait trop indécent, trop risqué, — de faire l'esprit fort... Nous sommes entrés dans le Domaine Sacré de « la Vie », comme ils l'appellent, des « Réalités », des « dures Nécessités », comme ils disent en soupirant, en opinant de la tête, l'air résigné : « C'est la vie, que voulez-vous ? les dures réalités de la vie... » Ici elle hésite toujours, elle a peur, elle ne sait pas, elle ose si peu se fier à elle-même, elle se sent si peu sûre, elle a besoin qu'on l'approuve, qu'on la guide... Oh! elle est très modeste, pas raffinée, pas « snob » du tout, oh! non, pas quand il s'agit de cela... les élégances, les raffinements, c'est bon pour d'autres, voyez-vous, elle ne peut pas se les permettre, ce n'est pas à la portée de sa bourse. Ce qu'elle cherche, c'est à éviter surtout ce qui pourrait étonner ou paraître anormal, déplacé, les prétentions, les bizarreries; elle se contente modestement d'articles bien éprouvés, solides et peu coûteux; la confection, les bons articles de série lui conviennent tout à fait, et même, je l'ai remarqué, elle aurait plutôt une certaine prédilection, qui pourrait paraître presque perverse à quelqu'un qui la connaît, pour la plus misérable camelote très bon marché, la plus vulgaire pacotille de bazar.

Comme le petit employé ou le petit rentier, quand il choisit sa salle à manger ou sa chambre à coucher, s'enquiert, à la fois anxieux et un peu honteux, auprès du vendeur — tant il a peu confiance dans son propre goût, tant il se sent désemparé et n'ose se fier à ses propres impressions, montrer ses prédilections — si le tableau qu'il veut acheter pour le placer au-dessus de la cheminée est « bien », « ferait bien » dans cet « ensemble », parmi ces meubles, s'accorderait avec le papier et la teinte des rideaux, ainsi elle va, le visage soumis, niais, tout plat, demandant, — elle ne sait pas, il faut qu'on la conseille, qu'on la rassure, elle a si peur de se tromper, elle n'ose se fier à elle-même, — elle va demandant : « Ah ! oui, vraiment, vous trouvez que j'ai raison, que c'est naturel, normal que je souffre ainsi et qu'il me manque tellement, que j'aie encore, même à mon âge, tellement besoin de lui... Ah ! vous trouvez ? Vraiment ?... Parce que lui, voyez-vous, il ne peut pas comprendre ça... »

C'est pour obtenir leur réponse, pour se concilier leur adhésion, leur soutien, qu'elle se tient devant eux, comme je la vois devant moi maintenant, les mains modestement croisées dans un geste de bonne femme, le visage effacé, délavé ; c'est pour obtenir leur entière approbation, bien montrer qu'elle est des leurs — le moindre regard critique, le moindre mouvement de recul de leur part lui ferait si peur — qu'elle s'est accoutrée ainsi, sans doute, je la regarde : elle est toute en noir avec des bouts de crêpe, sûrement le deuil d'une grand-mère ou d'une tante ; qu'elle a mis ces gants de fil gris et ces bas de coton noir à grosse trame qui lui font sur les jambes des marbrures ; c'est pour mieux se confondre avec eux, montrer sa soumission, passer inaperçue... comme cet accent, aussi, qu'elle prend, un accent débile et mièvre, aux voyelles rampantes. Avec eux rien de mordant, d'agressif, ne perce jamais dans son accent.

Aussi ils s'y trompent toujours, ils ne se méfient jamais. Les femmes qui se croisent sur le seuil de leur porte ou bien dans l'escalier, leur filet à la main, la regardent avec sympathie. Rien de louche en elle, rien d'indécent, de vaguement inquiétant, ne les incite à se méfier. Elle n'aura pas besoin de guetter, arrêtée à l'étage au-dessus, d'attendre, le cœur battant, leur sentence infaillible, leur jugement. Elle n'a pas besoin d'écouter aux portes ou de ramasser les miettes tombées de leur table. Leurs bons visages placides lui sourient, s'inclinent et se balancent doucement, marquant leur approbation, leur compassion : « Si ce n'est pas malheureux de voir ça... Un homme de son âge et si peu raisonnable... Et quand je pense qu'il n'a que vous au monde et tout cela pourquoi ? A quoi ça lui sert-il ? Ah ! il ne l'emportera pas avec lui, pourtant. Encore on comprendrait... disent-elles, car elles aiment reprendre toujours de plus haut leurs raisonnements et n'avancer jamais que très lentement, en s'assurant d'abord du terrain conquis, avant d'aborder de nouveaux arguments... encore on comprendrait s'il était pauvre ou bien s'il avait d'autres enfants, il faut penser à tout, n'est-ce pas... ou bien s'il s'était remarié, quelquefois une jeune femme ça vous retourne complètement un homme... Tenez, c'était le cas de ce pauvre M. Dufaux, on ne le reconnaissait plus depuis son second mariage, il a laissé son fils mourir de faim, littéralement, il ne le recevait jamais... Encore il a eu de la chance, le pauvre petit, de trouver une place dans le garage de son oncle... Et pourtant ils en avaient, je vous assure, de l'argent et des propriétés, rien que le

« Vieux Moulin », tenez, qui lui revenait de sa première femme, ce qu'ils en avaient englouti de l'argent, là-dedans... » Elle ne s'impatiente pas, elle attend avec respect, sans oser les brusquer, que leurs raisonnements déplient devant elle lentement leurs longs anneaux visqueux, et elle opine de la tête, hffi, hffi, l'air recueilli, intéressé, c'est à peine si elle se risque timidement à les ramener dans le droit chemin quand elles s'écartent un peu trop, perdent de vue le but : « Oh ! oui, bien sûr, je comprends, mais moi, voyez-vous, ce n'est pas du tout pareil, il n'a plus que moi au monde, vous savez, depuis la mort de ma pauvre maman... » Elles hochent la tête : « Bien sûr, c'est un égoïste, vraiment des gens comme ça ne devraient pas avoir le droit de mettre au monde des enfants. Et quand on pense qu'il y en a tant qui seraient heureux d'avoir dans leurs vieux jours leur fille près d'eux pour les soigner. Mais vous auriez bien tort, allez, de vous laisser faire. Il y en a beaucoup, je vous assure, qui seraient moins délicats que vous et qui ne se seraient pas gênés, qui n'auraient pas consenti, tout simplement, à se séparer de lui. Après tout, il aura beau faire, vous serez toujours sa fille, il sera toujours votre père. On ne va pas contre ça, allez. »

Elle absorbe avec avidité leurs mots lourds comme du plomb qui coulent au fond d'elle et la lestent. Elle s'abandonne, toute lourde, inerte entre leurs mains — une chose inanimée qu'elles vont pousser, qu'elles vont lancer sur lui, qui avancera sur lui avec le mouvement précis, aveugle, inexorable, de la torpille qui suit sa trajectoire. Rien ne l'arrêtera, ne la fera dévier.

Le masque — c'est le mot que j'emploie toujours, bien qu'il ne convienne pas très exactement, pour désigner ce visage qu'il prend dès qu'elle entre, ou même avant qu'elle n'entre, quand il entend seulement le chatouillement de sa clé dans la serrure ou son petit coup de sonnette rapide, mordant, ou, venant de l'entrée, sa voix amenuisée, si douce, ou simplement dès qu'il sent — il a des antennes si sensibles — son approche, sa présence silencieuse derrière le mur. Aussitôt, comme mû par un déclenchement automatique, son visage change : il s'alourdit, se tend, il prend cette expression particulière, artificielle, figée, que prend souvent la figure des gens quand ils se regardent dans une glace, ou encore cet aspect étrange, assez difficile à définir, qu'on voit parfois aux visages, qui ont subi une opération de chirurgie esthétique.

Il est infiniment probable — et quant à moi j'en suis certain — que ce visage, il a dû l'avoir toujours en sa présence. C'est ce même visage exactement qu'il avait sûrement déjà, si invraisemblable que cela puisse paraître, lors de leur tout premier contact, quand elle n'était encore qu'un enfant au berceau, au moment, sans doute, où il a entendu pour la première fois son cri têtu, strident, ou peut-être encore à cet instant où il a senti, tandis qu'il se penchait sur le berceau pour mieux la voir, pénétrer en lui et lui faire mal, comme pénètre dans la chair insidieusement le rebord soyeux de certaines herbes coupantes, la ligne duvetée, agressive, de sa narine trop découpée qu'elle relevait très haut en criant.

Certains, comme lui, si sensibles, sentent leur visage tendu, tiré ainsi même par de tout petits enfants. Peu de chose leur suffit, tant ils sont fragiles, tant ils vibrent au plus léger souffle, comme ces pendules délicats qui tremblent et se mettent à osciller sous l'influence des plus faibles courants.

J'en ai connu plusieurs qui n'avaient jamais pu avoir, même en présence de leur propre enfant (il faudrait dire : en sa présence surtout) d'autre visage, et cela quand il était tout petit encore et innocent.

Innocent en apparence seulement, sans doute. Car ils ne sont jamais entièrement innocents, ceux-là, au-dessus de tout soupçon : quelque chose d'insaisissable sort d'eux, un mince fil ténu, collant, de petites ventouses délicates comme celles qui se tendent, frémissantes, au bout des poils qui tapissent certaines plantes carnivores, ou bien un suc poisseux comme la soie que sécrète la chenille ; quelque chose d'indéfinissable, de mystérieux, qui s'accroche au visage de l'autre et le tire ou qui se répand sur lui comme un enduit gluant sous lequel il se pétrifie.

Quelques-uns de ces malheureux, sentant peut-être vaguement suinter d'eux-mêmes quelque chose, prennent à leur tour un visage serré, fermé, toutes les issues bouchées, comme pour empêcher que ces effluves mystérieux ne se dégagent ; ou peut-être est-ce par esprit d'imitation, sous l'effet de la suggestion — ils sont si influençables aussi, si sensibles — qu'ils prennent à leur tour devant le masque ce visage figé et mort. D'autres, tirés malgré eux, s'agitent comme des pantins, se contorsionnent nerveusement, font des grimaces. D'autres encore, pour amadouer le masque, pour rendre la vie à ses traits pétrifiés, jouent les bouffons, s'efforcent bassement de faire rire à leurs dépens. D'autres, plus bassement encore, — ils sont plus âgés, ceux-là, généralement, et plus pervers, — viennent, attirés irrésistiblement, se frotter comme le chien contre le mollet de son maître, quémandent une tape qui les rassure, une caresse, frétillent, se vautrent le ventre en l'air : ils bavardent intarissablement, s'ouvrent le plus possible, se confient, racontent en rougissant, d'une voix mal assurée, devant le masque immobile, leurs plus intimes secrets.

Mais le masque ne se laisse pas faire. Il ne s'y laisse pas prendre. Au contraire, toutes ces contorsions, ces simagrées, n'aboutissent le plus souvent qu'à le faire durcir davantage.

Il est difficile de savoir exactement si c'est malgré lui, sans qu'il sache bien pourquoi, qu'il durcit ainsi de plus en plus, ou bien si c'est délibérément qu'il force ainsi sa ligne, pour punir celui qui se livre devant lui à ces pitreries dégradantes, lui rendre plus cuisante sa turpitude ; ou encore si c'est pour décourager l'adversaire, pour se défendre, en faisant le mort, comme fait le renard à l'approche de l'ennemi, contre ces attouchements, ces frétillements répugnants, ou si c'est au contraire dans l'obscur espoir d'exacerber ces efforts, de corser le jeu, et de prolonger ainsi, de savourer plus longuement une sorte de subtile et secrète volupté.

Je n'en sais rien. Personne n'en sait rien. Personne ne s'en est jamais préoccupé. Ils ont tous d'autres chats à fouetter, d'autres préoccupations plus louables, plus légitimes. Même ceux qui semblent avoir touché à cette question n'ont jamais daigné s'y arrêter.

Ainsi il y a un personnage de roman auquel les masques me font toujours penser. C'est un personnage si « réussi », si « vivant », un héros de *Guerre et Paix*, le vieux prince Bolkonski ; je l'ai bien connu autrefois, c'est un ami de mon adolescence — eh bien, c'est ce masque, le même, j'en suis certain, qu'il a dû porter toujours en présence de sa fille, la princesse Marie. Mais Tolstoï ne le dit pas ou l'indique à peine en passant.

Pourtant je suis prêt à parier que c'est ce masque, le même, qu'elle lui voyait toujours : à table, où il présidait, si imposant sous sa perruque poudrée ; le matin, quand elle entrait, tremblante, dans son cabinet de travail et qu'il lui tendait à baiser sa joue rêche ; ou bien quand elle le croisait, faisant sa tournée d'inspection, suivi de son intendant, dans les allées du parc.

Ce n'est qu'une fois, une seule, juste au dernier moment, quand il allait mourir, qu'elle a vu, tandis qu'elle se penchait sur lui pour essayer de saisir les paroles qu'il balbutiait en remuant péniblement sa langue paralysée — c'était peut-être « douchenka », ma petite âme, ou peut-être « droujok », mon amie, elle n'avait pu saisir, c'était si extraordinaire, si inattendu — ce n'est qu'à ce moment qu'elle a vu pour la première fois le masque se détendre, se défaire et devenir un autre visage, un visage nouveau qu'elle n'avait jamais connu, pitoyable, un peu enfantin, timide et tendre.

Ce devait être, je crois, la veille ou le jour de sa mort.

Tout porte à croire (et Tolstoï, sans doute, le pensait aussi) qu'il s'était toujours contracté, raidi, pour que quelque chose en lui de trop fort, de trop violent, ne rompe les barrières et ne déferle : un sentiment, un amour peut-être, si violent qu'il lui semblait qu'il s'échapperait de lui comme un taureau furieux, un loup avide, hurlant, et qu'il le contenait sous le masque durci, fermé, pour empêcher qu'il n'échappe.

Parfois, incapable de le contenir, il le laissait, pendant quelques instants, jaillir au-dehors tout déformé, se tordre hideusement en ricanements, en vociférations, en sorties haineuses.

C'est au dernier moment seulement — il n'y avait plus rien à craindre : la mort était toute proche et il n'avait plus de forces — qu'il a osé desserrer l'étau où il le tenait comprimé, et son amour, tout engourdi, titubant, s'est échappé de lui.

Comment croire, en effet, que ce pouvait être autre chose, quand on regarde la princesse Marie ? Elle semble n'avoir été tout entière qu'innocence, que pureté. Rien de louche chez elle, semble-t-il ; aucune grimace, aucun ignoble frétillement ; jamais aucun de ces efforts honteux pour se soustraire à l'inévitable, nier l'évidence. Elle acceptait son sort avec une résignation pleine de dignité.

Pourtant j'ai envie de dire, comme ce vagabond dans je ne sais plus quelle comédie, qui répétait, en hochant la tête avec incrédulité, à ses compagnons qui lui peignaient sous des couleurs enchanteresses la vie merveilleuse, si enviable, des riches : « Moi, je demande à voir », j'ai envie de dire, moi aussi, que je voudrais bien « voir ». Tout n'était peut-être pas si clair dans le cas de la princesse Marie. Il doit y avoir quelques indices légers, à peine indiqués, — c'est dans son caractère un peu craintif qu'il faudrait les chercher, je crois, ou dans sa timidité, ou encore dans sa grande délicatesse (ce sont des choses dont il faut toujours se méfier) — il y a quelques indices qui me font penser que ce grand amour du prince Bolkonski (si toutefois on est en droit d'appeler amour ce sentiment qu'il éprouvait : toujours ces mots brutaux qui assomment comme des coups de matraque), cet amour devait se trouver dans une situation assez analogue à celle du géant Gulliver, quand il gisait, ligoté par les mille liens des Lilliputiens, criblé de leurs flèches minuscules.

Mille fils excessivement ténus, difficiles à déceler — encore ces tremblants et collants fils de la Vierge — devaient à chaque instant partir de la princesse Marie et se coller à lui, l'envelopper Seule l'approche de la mort a pu faire ce qu'aucun effort de leur part à tous les deux n'aurait jamais accompli : elle a balayé d'un coup ces mille sensations ténues qui formaient la trame quotidienne de leur vie, elle a tranché brusquement ces liens : le cocon s'est ouvert et l' « amour » s'est dégagé maladroitement et a palpité un instant comme un papillon fragile aux ailes encore froissées : douchenka, ma petite âme — on ne saisissait pas bien — ou peut-être droujok, mon amie.

Mais ce ne sont là, je le sais, que de vagues et assez grossières suppositions, des rêveries.

De bien plus forts que moi se casseraient les ongles,

les dents, à essayer ainsi, insolemment, de s'attaquer au prince Bolkonski ou à la princesse Marie.

Ils sont, ne l'oublions pas, des personnages. De ces personnages de roman si réussis que nous disons d'eux habituellement qu'ils sont « réels », « vivants », plus « réels » même et plus « vivants » que les gens vivants eux-mêmes.

Les souvenirs que nous avons gardés des gens que nous avons connus n'ont pas plus d'intensité, plus de « vie », que ces petites images précises et colorées qu'ont gravées dans notre esprit la botte, par exemple, la botte souple en cuir tartare, ornée de broderies d'argent, qui chaussait le pied du vieux prince, ou sa courte pelisse de velours bordée d'un col de zibeline et son bonnet, ou ses mains osseuses et dures qui serraient comme des pinces, ses petites mains sèches de vieillard, aux veines saillantes, et les scènes continuelles qu'il faisait, ses sorties, nous paraissent plus « réelles » souvent, plus « vraies », que toutes les scènes du même genre auxquelles nous avons nous-mêmes jamais assisté.

Ces personnages occupent dans ce vaste musée où nous conservons les gens que nous avons connus, aimés, et auquel nous faisons allusion, sans doute, quand nous parlons de notre « expérience de la vie », une place de choix.

Et, comme les gens que nous connaissons le mieux, ceux-mêmes qui nous entourent et parmi lesquels nous vivons, ils nous apparaissent, chacun d'eux, comme un tout fini, parfait, bien clos de toutes parts, un bloc solide et dur, sans fissure, une boule lisse qui n'offre aucune prise. Leurs actions, qui les maintiennent en perpétuel mouvement, les modèlent, les isolent, les

65

protègent, les tiennent debout, dressés, inexpugnables, semblables à la trombe d'eau que modèle, qu'aspire et dresse hors de l'océan, si fortement que même un boulet de canon ne peut parvenir à la briser, le souffle violent du vent.

Comme je voudrais leur voir aussi ces formes lisses et arrondies, ces contours purs et fermes, à ces lambeaux informes, ces ombres tremblantes, ces spectres, ces goules, ces larves qui me narguent et après lesquels je cours...

Comme il serait doux, comme il serait apaisant de les voir prendre place dans le cercle rassurant des visages familiers...

Je devrais essayer pour cela, je le sais bien, de me risquer un peu, de me lancer un peu, rien que sur un point seulement pour commencer, un point quelconque, sans importance. Comme par exemple de leur donner au moins un nom d'abord pour les identifier. Ce serait déjà un premier pas de fait pour les isoler, les arrondir un peu, leur donner un peu de consistance. Cela les poserait déjà un peu... Mais non, je ne peux pas. Il est inutile de tricher. Je sais que ce serait peine perdue... Chacun aurait tôt fait de découvrir, couverte par ce pavillon, ma marchandise. La mienne. La seule que je puisse offrir.

Ils ne sont pas pour moi, les ornements somptueux, les chaudes couleurs, les certitudes apaisantes, la fraîche douceur de la « vie ». Pas pour moi. Moi je ne sais, quand ils daignent parfois s'approcher de moi aussi, ces gens « vivants », ces personnages, que tourner autour d'eux, cherchant avec un acharnement maniaque la fente, la petite fissure, ce point fragile comme la fontanelle des petits enfants, où il me semble

66

que quelque chose, comme une pulsation à peine perceptible, affleure et bat doucement. Là je m'accroche, j'appuie. Et je sens alors sourdre d'eux et s'écouler en un jet sans fin une matière étrange, anonyme comme la lymphe, comme le sang, une matière fade et fluide qui coule entre mes mains, qui se répand... Et il ne reste plus, de leur chair si ferme, colorée, veloutée, de gens vivants, qu'une enveloppe exsangue, informe et grise.

J'ai renoncé. Je me suis livré pieds et poings liés. Les masques m'ont perdu. Une fois de plus, tout s'est échappé au moment où je pensais le tenir. Je suis rentré dans le rang. Il le fallait. On ne peut impunément vivre parmi les larves. Le jeu devenait malsain. Ils avaient fini, d'ailleurs, autour de moi, par s'alarmer. J'ai pris les devants. Non pas, cette fois, en me glissant insidieusement auprès d'eux pour quémander — je sais que cela ne prend pas, ils me rabrouent toujours — mais en jouant franc jeu : je me soumets — qu'on me prenne, qu'on me délivre, je n'en peux plus, je renonce, j'abandonne entièrement.

Dans des cas comme le mien, les cas rebelles, où de simples chiquenaudes, le regard distrait de quelqu'un que ces choses-là n'intéressent pas, qui n'a rien remarqué, n'ont pas suffi, ils ont recours aux spécialistes. Ceux-là, les « visions » originales, en marge des « recherches d'art », sans la moindre utilité, et qui peuvent provoquer par leur persistance parfois des troubles assez graves, ils en viennent à bout très vite. Ils ont vite fait de ranger tout cela, de le classer à leur manière. Elle est étiquetée, jetée en vrac avec les autres, dans la même catégorie, la petite idée, la petite vision qu'on a couvée, plein de honte et d'orgueil, dans la solitude. Elles se ressemblent toutes, d'ailleurs, paraît-il, quand on les étudie bien : « Ces pauvres gens tournent toujours en rond dans un cercle assez étroit — c'est ainsi qu'ils disent probablement — bien que leurs ruminations prennent mille formes en apparence diverses. » Les spécialistes mettent de l'ordre dans tout cela.

Je dois dire que le mien, celui que je suis allé consulter, je l'ai moi-même mis sur la voie. Rien que ce petit truc de ne pas vouloir donner de noms, ce « ils » où je me complais, dès que je l'ai employé devant lui, il a vu tout de suite. C'est un signe assez caractéristique. Cela ne m'a pas surpris, je m'en étais toujours douté. Je voyais qu'il m'observait, sans en avoir l'air — ils sont très habiles, pleins de tact — guettait un autre symptôme, très utile aussi pour le classement : sans doute cet orgueil secret, si connu, qui finit toujours par affleurer — une plaie qui suinte. Mais sur ce point, il me semble qu'il a dû être déçu. Je l'ai déjà dit : je ne cherche pas l'originalité. Je ne demande que cela, qu'ils me vident, qu'ils me délivrent. Je lui ai bien expliqué que c'était pour cela surtout que je m'étais laissé conduire chez lui. Lui, il devait sûrement comprendre : c'était sa branche, après tout, ces pulsations, ces frémissements, ces tentacules qui se tendent, ces larves. Je ne demandais qu'à lui livrer tout cela. J'ai parlé d' « eux ». Il a souri — très courtoisement, du reste, — un sourire fugitif, un peu supérieur, mais indulgent. Cela n'avait pas d'importance. Je ne me suis pas formalisé. C'était déjà un grand soulagement de savoir qu'il s'y connaissait et de le voir prêt à écouter sans rabrouer, patient et calme. Rien, avec lui, non plus, de cette promiscuité pénible que je sentais parfois avec l'alter.

Je lui ai raconté tout, pêle-mêle, comme je pouvais, surtout la « scène » entre eux, ce moment où ils s'affrontent, qui me tire et où je tombe comme dans un trou noir ; la façon, aussi, dont ils surgissent, et cette fascination pénible qu'ils exercent toujours sur moi. Il trouve cela normal : « C'est très commun, dit-il, les nerveux se recherchent toujours, sensibles comme ils sont à ce que vous appelez ces « effluves », ces « courants ». Vos gens sont de grands nerveux. Il suffirait, pour s'en convaincre, de songer au rôle prédominant que semblent jouer chez eux ces « scènes ». Et aussi ces « clichés » dont vous m'avez parlé et dont, comme vous dites, ils s'affublent, pour s'affronter, légitimer leurs pulsions. C'est un trait répandu chez les névropathes, cette soumission au cliché que vous avez très bien dégagée, du reste, et qui n'a rien, à mon avis, d'inquiétant ni de mystérieux. Ne vous en offusquez pas — il est très intelligent, il l'a quand même trouvé tout de suite, le point où se blottit le petit orgueil secret, il ne se trompe jamais : tous les autres symptômes étant présents, il sait qu'il suffit de chercher, toujours le symptôme qui manque se découvre — ne vous formalisez pas, bien des types littéraires devenus immortels sont, de notre point de vue, aussi des névrosés. Mais il me semble que dans le cas qui a l'air de vous tourmenter, tout paraît assez simple. Tenez, lisez chez vous à tête reposée mon article où il est beaucoup question de ces sortes de conformismes, si fréquents chez les nerveux. » Il me semble qu'il trouve qu'il est temps de terminer l'entretien : il y a au salon d'autres clients qui attendent. Du reste, la séance a déjà porté ses fruits. Je prends déjà petit à petit — symptôme de guérison, paraît-il — « contact avec le réel ». Je le sens à la façon dont « ils » changent d'aspect, se rapprochent, deviennent durs, eux aussi, finis, avec des couleurs nettes, des contours précis, mais un peu à la manière de ces poupées en carton peint qui servent de cibles dans les foires. Un petit déclic encore et ils vont basculer.

J'essaie, avant de me lever, de vider entièrement mon sac. Mais je sens qu'il s'impatiente un tout petit peu, il n'a vraiment pas le temps, il faudrait consacrer de longues et très coûteuses séances — un de ses élèves s'en chargerait, du reste, très bien, si j'en sentais le besoin — à dépecer par le détail mes « visions ». Pourtant je lui parle encore, en bafouillant, des masques, et aussi — mais plutôt par acquit de conscience : je sais ce qu'il me dira — je me risque à aborder le cas du prince Bolkonski. Je sens que je rougis un peu. Il sourit légèrement : « Je ne suis pas critique d'art, évidemment, et je ne peux guère oser émettre en ces matières des jugements définitifs. Il me semble, cependant, que le propre de tout effort créateur en matière d'art est d'habiller, justement, l'abstrait. Souvenez-vous de Bergson. Il me lance un regard un peu narquois : « Montrez-nous donc quelqu'un de bien vivant et collez-lui, si cela vous plaît, tous les masques que vous voudrez. Mais faites-le vivre d'abord, rendez-le concret, tangible. Sortez de ces ruminations stériles, de ces idées qui restent à l'état d'idées, inconsistantes et nues, ni chair, ni poisson, ni science, ni matière d'art. Et méfiez-vous surtout, tout cela est lié ensemble (il se lève et me tend la main :

décidément la séance a trop duré), méfiez-vous de ce goût de l'introversion, de la rêverie dans le vide, qui n'est pas autre chose qu'une fuite devant l'effort. Vous constaterez alors, croyez-moi, que le monde contient assez peu de « fantômes », peu d' « ombres » qui méritent bien ce nom. »

Quand nous sommes sortis dans la rue tous les trois, moi et mes vieux parents qui m'avaient conduit chez lui, j'ai vu qu'ils avaient un air gêné et comme un peu honteux ; oui, ils semblaient un peu humiliés, plus ratatinés, plus tassés encore sur eux-mêmes que d'habitude. Et, en même temps, je savais qu'ils éprouvaient un certain sentiment de satisfaction, peut-être même sans qu'ils le sachent. Leurs mains flasques de vieillards, aux paumes trop roses, aux ongles fragiles, jaunâtres et striés, me palpaient le bras affectueusement, comme autrefois quand nous sortions nous promener tous les trois le dimanche. Comme les dimanches d'été, autrefois, nos pas résonnaient fort dans la rue chaude, déserte. J'étais tout faible et un peu titubant, comme lorsqu'on sort pour la première fois après une longue maladie. J'avais, tandis que j'avançais lentement à côté d'eux, me réglant sur leur pas, cette sensation de mal de cœur léger, de léger vertige qu'on éprouve dans l'ascenseur quand il se détache du palier et glisse doucement dans le vide.

Ils m'ont conduit, à travers le jardin où je jouais autrefois aux pâtés, accroupi à leurs pieds, à la pâtisserie où nous allions toujours. Devant les gâteaux et à la vue du sourire aimable et gai de la vendeuse, leur air humble s'est presque effacé, ils ont paru ragaillardis. Tout en me faisant manger des éclairs au chocolat, ils me posaient des questions, ils me poussaient insidieusement dans le bon chemin, à petits coups dans le dos à peine sensibles, sur les conseils du spécialiste, sans doute, pour me donner le « sens du réel », ou plutôt, je le savais bien, ils se laissaient aller, maintenant que je n'avais plus la force de les tenir en respect : ils me demandaient des nouvelles de certains de mes camarades, des gens que nous connaissions. Et Paul, qu'était-il donc devenu ? et Jeanne ? On dit que son mariage a raté... Était-il vrai qu'elle travaillait maintenant pour venir en aide à sa vieille mère ? Et le mari de Germaine ? Ils ont acheté, paraît-il, une assez belle propriété, leur fils est à Polytechnique ? Déjà... Ils balançaient la tête, ils poussaient un soupir résigné, satisfait : « Mon Dieu, comme le temps passe... » J'acquiesçais, je racontais, je me penchais comme il fallait, plus bas, plus bas encore (« les Fourches Caudines », je me disais cela, mais je n'avais pas de forces pour résister, il fallait me soumettre maintenant, je n'avais plus rien, rien à moi, rien à préserver d'eux, à tenir à l'abri de leur contact), je faisais pivoter devant eux, comme ils le voulaient, leurs poupées, j'avançais avec eux lentement à travers leur musée, je passais avec eux la revue de leurs soldats de plomb...

Ils souriaient, satisfaits, rassurés. Leurs mains avides et molles me palpaient toujours affectueusement, comme pour m'encourager. Je me laissais faire. Je me sentais de plus en plus affaibli, vidé, et puis j'avais peur de m'arracher à eux brusquement, je me collais même à eux de plus en plus, je me retenais à eux, car je commençais déjà à sentir en moi quelque chose qui se soulevait, quelque chose qui battait doucement dans le vide, se soulevait, retombait, comme cogne dans le silence de la nuit un volet mal fermé — je me retenais à eux, car je savais que si je restais seul tout à coup, sans eux, dans la rue chaude et vide, le battement résonnerait en moi atrocement fort.

L'ambivalence : c'est très fort d'avoir découvert cela
— cette répulsion mêlée d'attrait, cette cœxistence
chez le même individu, à l'égard du même objet, de
haine et d'amour. Quelques poètes, quelques écrivains
très malins avaient réussi, il y a assez longtemps déjà,
à extirper cela, à le produire à la lumière, mais sans lui
donner de nom. Mais les spécialistes, -eux, ont su
mettre cela au point très bien. Le mien me l'a très bien
expliqué. Il se méfiait beaucoup (il avait une si grande
expérience de ces sortes de cas) de la sincérité de ma
résolution de rentrer dans le droit chemin : « Le
malheur des gens comme vous, m'a-t-il dit, c'est qu'ils
se mentent à eux-mêmes. Leur désir de guérir se
double le plus souvent d'une répugnance non moins
grande à renoncer aux avantages, aux satisfactions (hé
oui, il faut bien le dire, malgré les souffrances, très
réelles, je ne le nie pas) que leur procure leur
maladie. »

Il me semblait pourtant que j'étais vraiment de
bonne foi. Il y avait bien encore des moments où il
m'arrivait de surprendre en moi un reste de rancune,
de regret, comme lorsque je retrouvais une sorte de

plaisir amer à répéter (les derniers soubresauts de l'orgueil, sans doute) ces paroles qui me reviennent parfois, je ne sais trop d'où, et que j'aime, dans mes mauvais moments, m'appliquer à moi-même : « Ils sont venus et ils ont goûté à mon plat... ils ont craché dans mon écuelle... profané ma nourriture... souillé l'eau de ma source... »

Mais ces moments étaient rares. La plupart du temps je ne pouvais vraiment trouver en moi aucun désir de revenir à mes tourments passés. J'étais devenu la docilité même. Peu à peu, je m'étais habitué à me mouvoir sans inquiétude, comme tous ceux qui m'entouraient, dans leur univers calme et clair, aux contours nettement tracés, aussi différent de celui, gluant et sombre, où ils me tourmentaient, elle et lui, que l'est le monde des adultes du monde ouaté et flou de l'enfance. J'étais exorcisé. Comme l'amoureux qui, autrefois, sentait son cœur bondir, ses mains trembler rien qu'à entrevoir sur un visage inconnu la ligne d'un sourcil ou l'arrondi d'une joue lui rappelant vaguement le visage de sa bien-aimée, s'aperçoit avec étonnement, quand son amour pour elle a disparu, qu'aucun de ses traits, de ses expressions, de ses tics qui avaient jadis à ses yeux quelque chose de si mystérieux, de si émouvant, ne signifie plus rien pour lui et qu'il ne peut plus parvenir à trouver en eux rien de cette vibration étrange qui se transmettait à lui et le faisait trembler si fort, j'éprouvais maintenant parfois un certain étonnement à les trouver, elle et lui, si anodins, des objets indifférents, sans intérêt, sans importance. J'aurais pu maintenant apercevoir, tournant l'angle d'une rue ou traversant une place devant un petit square, la courbe timide de leur dos, sans plus rien éprouver de mes sursauts éperdus d'autrefois.

Aussi c'est la conscience tranquille et avec l'approbation de tous que j'ai pu partir. Un voyage est toujours très indiqué dans des cas comme le mien. La famille m'a lâché sans faire la moindre difficulté. Elle savait probablement qu'elle me tenait bien maintenant, que je ne m'échapperais plus : elle pouvait laisser se détendre un peu la laisse ; ou peut-être avais-je acquis déjà, tant j'avais fait de progrès, cette sorte de docilité particulière, calme et digne, des forts, et qui commande le respect.

Le spécialiste, du reste, m'avait beaucoup encouragé. Il approuvait beaucoup ce voyage comme un moyen très efficace de lutter contre l'introversion : « Oubliez tout cela, m'avait-il dit, ne ratiocinez plus, laissez-vous vivre. Soyez — je sais que vous allez trouver probablement que c'est là un « personnage » qui date peut-être un peu, et il avait souri de son sourire gêné et un peu moqueur — soyez Nathanaël, goûtez aux « nourritures terrestres ». Retrouvez — c'est ce qui vous manque maintenant pour achever la guérison retrouvez la « ferveur »

Et c'est là déjà, cependant, que l'ambivalence a dû jouer. Sournoisement, comme toujours, à mon insu : dans le choix même de cette ville. Pourtant elle me semblait, cette ville, être de tout repos. Elle offrait les plus solides garanties. Elle était, elle avait toujours été pour moi, la ville de *L'Invitation au Voyage*. Ses navires imperceptiblement balancés (Baudelaire avait songé aussi à dire : dandinés, il avait hésité, mais il avait trouvé à le dire mieux encore), les mâts de ses vaisseaux dans le vieux port, son ciel, ses eaux, ses canaux, tout baignait dans une sorte de douceur exaltée. Les mots de *L'Invitation au Voyage* la frappaient à petits coups légers et elle vibrait, elle résonnait mélodieusement, toute pure et transparente et claire comme du cristal. Il suffisait de dire doucement ces mots : « les soleils couchants revêtent les champs, les canaux, la ville entière d'hyacinthe et d'or », et aux mots : « la ville entière », elle se soulevait dans un élan, sa grande rue se déployait comme une oriflamme, toute pavoisée de drapeaux, de bannières flottant au vent léger de la mer, dans la lumière dorée.

C'était de la matière épurée, décantée. Une belle matière travaillée. Un mets exquis, tout préparé. Il n'y avait qu'à se servir. Aussi mon attente ne fut-elle pas déçue. Mon état, si proche de la guérison, y aidait beaucoup, du reste : j'étais devenu plus souple, plus réceptif. Et, dès le lendemain, quand je suis sorti me promener dans l'air parfumé et frais du matin, cet air de là-bas, plus pur, plus vif, plus exaltant qu'ailleurs (« de l'ozone », je me disais cela en marchant), il me semblait qu'une main puissante et douce me soulevait, me portait. J'étais comme ces voiliers que je voyais sortir du port, leurs coques brillant aux premiers rayons du soleil, toutes leurs voiles blanches dehors, tendues, gonflées par un vent propice.

Et c'est sans aucune arrière-pensée, du moins à ce qu'il me semblait, dans cet état d'heureuse exaltation, qu'après avoir longtemps erré dans mes rues préférées, ces ruelles paisibles, intimes, si douces, des villes du nord, je me suis dirigé lentement vers le musée.

Je sais maintenant que l'ambivalence était là déjà, tapie sûrement dans cette excitation que je ressentais en montant l'escalier du musée, une excitation où une angoisse légère se mêlait à une allégresse trop grande — un sentiment assez semblable à celui qu'éprouve l'amoureux courant à son premier rendez-vous.

Les salles étaient silencieuses, désertes. Une délicate lumière cendrée coulait des plafonds de verre sur les grands parquets soyeux. J'avançais lentement, savourant, m'arrêtant longuement devant mes toiles préférées.

Ici aussi, il n'y avait qu'à s'abandonner, qu'à prendre. L'effort, le doute, le tourment avaient été surmontés, dépassés, le but était atteint, et elles m'offraient maintenant la sérénité féconde et grave de leur sourire apaisé, la grâce exquise de leur détachement. Leurs lignes, dont chacune semblait être, entre toutes les lignes possibles, la seule, l'unique, miraculeusement élue, rencontrée par une chance surnaturelle, inespérée, pénétraient en moi, me redressaient, j'étais tout tendu, vibrant comme la corde tendue d'un arc.

Je sentais pourtant déjà, par instants, venant par la porte ouverte de la petite galerie où je savais qu'il se trouvait, comme de courtes bouffées, semblables, dans cet air si pur que je respirais, à ces bouffées d'air âcre et chaud qui montent du sol dans l'air sec et froid de l'hiver et nous enveloppent brusquement quand nous passons au-dessus d'une bouche de métro. Mais je ne me sentais nullement ému. J'étais tout redressé, tout nettoyé, tout propre. Je ne craignais rien. Et ce fut sans hâte, poussé, me semblait-il, par la simple curiosité, en amateur désintéressé, seulement pour contrôler cette impression qu'il m'avait faite autrefois déjà, lors de mes visites précédentes, il y avait quelques années, que je me dirigeai vers lui. Il était là, toujours à la même place, dans le coin le moins éclairé de la galerie. Je n'avais pas besoin de me rapprocher pour déchiffrer sur la plaque dorée qui luisait dans la pénombre, l'inscription que je connaissais : *Portrait d'un Inconnu.* Le tableau, je m'en souvenais, n'était pas signé : le peintre était inconnu aussi.

Il me parut, cette fois, plutôt plus étrange encore qu'il ne m'avait paru autrefois. Les lignes de son visage, de son jabot de dentelles, de son pourpoint, de ses mains, semblaient être les contours fragmentaires et incertains que découvrent à tâtons, que palpent les doigts hésitants d'un aveugle. On aurait dit qu'ici l'effort, le doute, le tourment avaient été surpris par une catastrophe soudaine et qu'ils étaient demeurés là, fixés en plein mouvement, comme ces cadavres qui restent pétrifiés dans l'attitude où la mort les a frappés. Ses yeux seuls semblaient avoir échappé au cataclysme et avoir atteint le but, l'achèvement : ils paraissaient avoir tiré à eux et concentré en eux toute l'intensité, la vie qui manquaient à ses traits encore informes et disloqués. Ils semblaient ne pas appartenir tout à fait à ce visage et faisaient penser aux yeux que doivent avoir ces êtres enchantés dans le corps desquels un charme retient captifs les princes et les princesses des contes de fées. L'appel qu'ils lançaient, pathétique, insistant, faisait sentir d'une manière étrange et rendait tragique son silence.

Comme les autres fois, mais avec plus de force encore, de détermination et d'autorité, son regard s'empara de moi. C'était à moi — il était impossible d'en douter — à moi seul que son appel s'adressait : j'avais beau me dire, pour me retenir sur la pente où je me sentais entraîné, que c'était l'introversion qui recommençait, que j'étais venu là, semblable au criminel qu'une impulsion morbide pousse à revenir hanter les lieux du crime, attiré par le besoin de jouer avec moi-même un jeu dangereux, malsain ; j'avais beau, comme je fais toujours, chercher de toutes mes forces à me retenir pour rester en lieu sûr, du bon côté, je sentais comme il lançait vers moi, avec un douloureux effort, de la nuit où il se débattait, son appel ardent et obstiné.

Et petit à petit, je sentais comme en moi une note timide, un son d'autrefois, presque oublié, s'élevait, hésitant d'abord. Et il me semblait, tandis que je restais là devant lui, perdu, fondu en lui, que cette note hésitante et grêle, cette réponse timide qu'il avait fait sourdre de moi, pénétrait en lui, résonnait en lui, il la recueillait, il la renvoyait, fortifiée, grossie par lui comme par un amplificateur, elle montait de moi, de lui, s'élevait de plus en plus fort, un chant gonflé d'espoir qui me soulevait, m'emportait... Je voyais, tandis que je courais comme porté, poussé hors du musée, les gardiens assoupis sur leurs bancs dans les coins se redresser et me regarder de leurs yeux somnolents, je voyais à mon approche se lever à grands coups d'ailes joyeux les oiseaux blancs, dehors, sur la place.

Je me sentais libre tout à coup. Délivré. L'Inconnu — je me disais cela tandis que j'escaladais en courant l'escalier de l'hôtel — « l'Homme au pourpoint », comme je l'appelais, m'avait délivré. La flamme qui brûlait en lui avait, comme un chalumeau, fondu la

81

chaîne au bout de laquelle ils me promenaient. J'étais libre. Les amarres étaient coupées. Je voguais, poussé vers le large.

Le monde s'étendait devant moi comme ces prairies des contes de fées où, grâce à une incantation magique, le voyageur voit se déployer devant lui sur l'herbe éclatante, près des sources, au bord des ruisseaux, de belles nappes blanches chargées de mets succulents.

Je n'avais plus besoin, tendu docilement vers eux, d'attendre d'eux ma pâture, de recevoir d'eux la becquée : ces nourritures toutes mâchées, ces joies toutes préparées qu'ils me donnaient.

Je retrouvais mes nourritures à moi, mes joies à moi, faites pour moi seul, connues de moi seul. Je reconnaissais leur saveur d'autrefois. Elles répandaient sur moi leur tendre et frais parfum pareil à celui qu'exhalent dans l'air printanier les jeunes feuilles mouillées de pluie.

Mes fétiches. Mes petits dieux. Les temples où j'avais déposé tant de secrètes offrandes, autrefois, au temps de ma force encore intacte, de ma pureté.

Ils étaient, épars à travers le monde, des points de repère pour moi seul. Il y avait entre eux et moi un pacte, une alliance cachée. Comme l'Inconnu, ils m'offraient leur appui.

C'étaient des pierres surtout, des pans de murs :

mes trésors, des parcelles étincelantes de vie que j'étais parvenu à capter. Il y en a de toutes sortes : certains que je connais bien et d'autres qui m'avaient juste fait signe une fois, qui avaient vacillé pour moi d'un chaud et doux éclat, pendant un court instant, quand j'étais passé devant eux, au milieu d'un groupe de gens, sans pouvoir m'arrêter. Mais je ne les ai pas oubliés.

C'est, dans une cour déserte de mosquée, la margelle d'un puits, tiède et dorée au soleil, toute duvetée comme une pêche mûre et bourdonnante toujours de vols d'abeilles. Ses contours inégaux ont dû être modelés, il y a très longtemps, avec une délicate et pieuse tendresse, et puis des mains aux gestes lents l'ont effleurée chaque jour, et, comme les gens qui ont été choyés quand ils étaient enfants, toute cette tendresse, on dirait qu'elle s'en est imprégnée et qu'elle l'irradie maintenant, qu'elle la répand autour d'elle en un rayonnement très doux.

Il y a aussi, ailleurs, de vieilles pierres d'un gris sombre, humides et veloutées, une mince couche de mousse d'un vert intense les recouvre en partie. Elles plongent dans l'eau du canal et en émergent tour à tour, tantôt mates et presque noires, tantôt étincelantes au soleil. Le clapotis de l'eau contre elles est léger, caressant comme le nom de Tiepolo, quand on le dit tout bas : Tie-po-lo, qui fait surgir des pans d'azur et des couleurs ailées.

Je connais aussi, dans des ruelles tortueuses aux pavés irréguliers, des pans de mur inondés de lumière. L'ombre dense d'une branche de palmier rehausse parfois leur éclat.

Et dans le Nord, il y a des quais d'une blancheur argentée dans la lumière du matin, des coins de quais le long des canaux où des oiseaux d'argent voltigent, et des murs blancs peints à la chaux, bordés de neige, et qui ont au crépuscule, comme elle, une teinte pareille à celle du linge passé au bleu.

Ils surgissaient devant moi partout, plus intenses, plus rayonnants qu'ils ne l'avaient jamais été, mes joyaux, mes délices d'autrefois.

Il me semblait que pendant notre longue séparation toute leur sève qui m'était destinée s'était amassée en eux. Ils étaient plus lourds, plus mûrs qu'autrefois, tout gonflés de leur sève inemployée. Je sentais contre moi leur ferme et chaud contact, je m'appuyais à eux, ils me protégeaient, je me sentais près d'eux pareil à un fruit qui mûrit au soleil, je devenais à mon tour lourd, gonflé de sève, tout bourdonnant de promesses, d'élans, d'appels.

Comme autrefois, il y avait longtemps, l'avenir s'étendait devant moi, délicieusement imprécis, ouaté comme un horizon brumeux au matin d'un beau jour.

Le temps, comme l'eau qui se fend sous la proue du navire, s'ouvrait docilement, s'élargissait sans fin sous la poussée de mes espoirs, de mes désirs.

L'eau s'ouvrait avec un bruit de soie froissée sous l'étrave du bateau. De minces crêtes d'écume blanche couraient, frémissantes d'allégresse...

« Assez ! Taisez-vous ! Assez ! » Une forme vêtue d'un complet gris se soulevait, un dos rond se penchait au-dessus de la table. On entendait frapper du poing si fort que toutes les tasses sur la table tremblaient : « Assez ! Taisez-vous ! Je le sais ! » — il criait cela en frappant brutalement sur la table.

C'était curieux comme cela avait glissé sur moi, comme je n'avais pas réagi sur le moment. Une vieille amie commune, rencontrée par hasard, m'avait raconté cela incidemment : « Assez ! Taisez-vous ! » Tout le monde avait sursauté, tout le monde les avait regardés — il avait crié si fort — ils étaient tous horriblement gênés, comme toujours, quand il se livrait en public à une de ses incompréhensibles bizarreries.

Elle avait ri, pleine d'indulgence, en me racontant cela, car il était charmant, n'est-ce pas, quand il voulait, quand on le connaissait, personne ne savait être aussi exquis, aussi séduisant que lui dans ses bons moments, et j'avais ri, moi aussi, plein d'indulgence, je n'avais pas réagi du tout, comme cela arrive souvent, quand certains mots semblent glisser ainsi sur nous sans laisser de traces : nous les laissons passer, nous rions, comme j'avais fait, pleins d'inconscience. Mais les mots pénètrent en nous à notre insu, s'implantent en nous profondément, et puis, parfois longtemps après, ils se dressent en nous brusquement et nous forcent à nous arrêter tout à coup au milieu de la rue, ou nous font sursauter la nuit et nous asseoir, inquiets, sur notre lit.

Ces mots se dressaient maintenant en moi ; elle avait, la vieille amie, inconsciente comme l'abeille qui transporte le pollen d'une plante à l'autre, déposé en moi ces mots et ils avaient poussé en moi petit à petit, ils avaient mûri lentement dans cette douce chaleur propice où je m'épanouissais ces derniers temps, ils avaient grandi en moi comme un noyau, je sentais maintenant en moi leurs arêtes tranchantes : « Assez ! Taisez-vous. Assez ! » C'était à moi, je le savais bien, qu'il criait cela. C'était contre moi, pour me provoquer, plein de rage impuissante, de défi — qu'il criait. Il devait le sentir confusément, que ces mots allaient m'atteindre, que c'était vers moi, que c'était à moi surtout que ces mots étaient lancés comme un appel ou comme un défi. Je sais qu'il devait le sentir. Je le connais. Il y a sous tous ses actes, même insignifiants en apparence et anodins, comme un envers, une autre face cachée, connue de nous seuls, et qui est tournée vers moi. C'est par là, sans doute, qu'il m'attire, qu'il me tient toujours si fort.

Il est là sûrement depuis quelque temps déjà à essayer de me provoquer, de me narguer doucement, comme il fait toujours, à sa manière insidieuse, de me taquiner, assis là-bas, en train de se prélasser : « Alors, les voyages, hein, toujours ? Les œuvres d'art ? Les musées ? Les Offices ? Rembrandt, hein ? Tiepolo ? Les canaux ? Les pigeons ? Moi, je vais à Évian. Évian. Vous connaissez ? Hôtel Royal. On n'y est pas mal du tout. Et on a de là une vue splendide... » Installé sur la terrasse de l'hôtel, dans un des confortables fauteuils d'osier rembourrés de coussins, tandis que l'orchestre joue quelques-uns de ses airs préférés, il me cligne de l'œil malicieusement : « Qu'est-ce que les gens vont donc chercher ? Que leur faut-il donc encore, quand on peut être si bien... » A ses pieds, « la vue » étale agréablement ses croupes rebondies. Les meules de foin, harmonieusement disposées sur les prairies, brillent, comme astiquées, au soleil. Une musique faite pour les salles de danse, pour les concerts des dimanches après-midi d'hiver, pour les soirées à l'Opéra, lourde, moelleuse, capitonnée, se répand autour de lui, se roule devant lui sur les prairies, les meules de foin, les sapins, maintient à sa place, à distance respectueuse, la vue.

Cette musique l'enveloppe, le protège ; la double rangée de géraniums plantée tout autour de la terrasse le protège aussi. C'est son rempart, derrière lequel il s'abrite, d'où il me voit d'un œil narquois courir à la recherche de « sensations », de « visions d'art », hein ? Les Offices ? comme il dit. Lui, il n'a pas besoin de cela. Il se satisfait de peu. Il sait modeler à sa guise, dompter les choses autour de lui, les tenir à distance, au lieu d'aller se coller à elles, vivre d'elles en larve tremblante et molle, en parasite.

C'est cela, j'en suis sûr, qu'il essaie de me signifier, de me faire sentir, installé confortablement, lisant son journal, bavardant avec ses amis, écoutant la musique, se prélassant au soleil à l'Hôtel Royal, sur la terrasse. Chacun de ses gestes et sa présence là-bas sont une provocation sournoise, un défi.

Cela avait dû monter petit à petit et puis cela avait jailli brusquement au grand étonnement de tous. Ils étaient partis, comme chaque après-midi, faire une promenade après la sieste. Ils s'étaient même fixé un but, cette fois, ils allaient goûter, boire le chocolat à la crème si réputé, à la fameuse ferme-laiterie.

Ils étaient tout excités, c'était une vraie expédition, il avait même fallu se munir de cannes, tant le chemin, par endroits, était mauvais, c'était très amusant, les femmes titubaient en riant sur leurs étroits talons de daim blanc et les messieurs les guidaient d'un obstacle à l'autre en les soutenant galamment par le coude. Tout le monde était joyeux en arrivant, juste un peu fatigué, mais c'était une bonne fatigue qui leur ferait du bien, il dormirait bien mieux, lui disaient ses amis, il devait se secouer un peu, il devenait trop paresseux. Ils étaient contents, juste un peu affamés, mais le délicieux chocolat, les petits pains croustillants les attendaient...

Et c'est là, sous les parasols orange, qui ressemblaient, plantés dans l'herbe luisante et drue, aux champignons rutilants qui ornent les prairies dans les illustrations de livres d'enfants, c'est là, tandis qu'ils étaient assis à leur petite table, entourés de servantes déguisées en fermières de Trianon, parmi les coqs et les dindons pimpants, que cela s'est produit.

Était-ce cette dépression qui suit parfois l'excitation, ou était-ce la chaleur, ou une inquiétude vague, une vague rancune, peut-être, d'être là, un sentiment de gâchis, de vide, ou des effluves lointains, une sorte de provocation à distance lancée peut-être par moi, ou ce malaise lourd, qu'il feint de négliger, que lui donnent toujours les cadres luxueux, clinquants et apprêtés, ou bien encore cette indulgence, cette douceur que montrent vis-à-vis de lui ses amis et qui agit sur lui comme agit sur un enfant nerveux la douceur un peu trop molle de la personne qui le garde, je n'en sais rien, mais il a éprouvé tout à coup le besoin de trépigner, de casser tout cela, de le déchirer, peut-être aussi — ce n'est pas impossible, il a de ces contradictions ; malgré son défi, sa haine, ce n'est pas invraisemblable — de sauter par-dessus les prairies astiquées, de s'arracher à la musique engourdissante, et de me rejoindre. Il s'est senti, lui aussi, tout à coup agrippé, saisi par quelqu'un qui le narguait de loin : quelque chose en lui, comme un noyau, est devenu soudain lourd et dur. C'était en lui, peut-être, dans ce cadre factice, dans l'après-midi vide, dans ces longs loisirs engourdissants — on avait, par moments, la sensation d'absorber malgré soi, d'aspirer à pleins poumons quelque chose d'épais, de sucré, qui vous rendait tout gourd et bourdonnant, une sensation assez analogue à celle qu'on éprouve couché sous un masque d'anesthésie — c'était peut-être en lui une pulsation soudaine qui révélait le retour de la vie, de sa vie à lui, un sentiment qui le rapprochait de moi vaguement, sans qu'il sût bien pourquoi, et qui le poussait à se dresser et à brandir cela — sa vie — devant ses amis étonnés, effrayés, qui essayaient de le calmer.

Cela avait dû commencer d'une manière insidieuse, en douceur : une sorte de conversation banale comme il s'en tient autour d'une table à thé.

Ils avaient dû lui demander (ils savent combien il aime toujours qu'on s'occupe de lui) ce que faisaient, pendant ces vacances, ses enfants, sa fille, et il avait senti tout de suite, comme une démangeaison, une irritation, le contraste exaspérant entre ce cadre fabriqué, verni comme un joli jouet, et cela qui se mettait à se dérouler en lui — ses tourments, sa fille, sa vie. Il avait répondu, d'abord juste un peu agacé, comme on se gratte légèrement quand un moustique vient de vous piquer, qu'elle était partie en voyage, faire un voyage en Corse... et rien qu'à ce mot de Corse cela avait commencé à bouillonner en lui, sa voix était devenue plus basse, un peu éraillée, sa tête s'était baissée, et ses bajoues un peu rouges pendaient. Il tapotait la table en regardant avec hostilité les servantes déguisées en fermières d'opérette qui s'empressaient autour d'eux en souriant, versaient le chocolat en minaudant.

Ils avaient beau le connaître depuis si longtemps, ses vieux amis, ils ne savaient jamais prévoir ses réactions, inattendues pour eux, inexplicables. Ils continuaient à le questionner doucement, croyant lui faire plaisir, habitués qu'ils étaient à avancer le long des mots, dans les formules courantes, comme des chevaux qui suivent, leurs œillères sur les yeux, des ornières toutes tracées, ne voyant jamais rien d'autre autour d'eux que ce qui est admis, apparent. Ils le questionnaient, comme on fait toujours pour se montrer poli, pour faire plaisir aux gens, sur ses enfants... sa fille... Elle aimait voyager... Et pour combien de temps était-elle partie ? Et puis, tirés mystérieusement (comme on glisse le long d'une pente, comme on tombe dans le vide) par son silence bougon, un peu menaçant, ils avaient dit probablement : « Ah ! les enfants sont gâtés aujourd'hui, si nous avions demandé des petits voyages comme ça à nos parents... » Et cela avait tressailli en lui très fort, cela avait bondi, jailli au-dehors (les faisant penser à la princesse qui laissait, quand elle parlait, tomber de sa bouche des crapauds), cela avait jailli et se roulait devant eux, un crapaud qui se vautrait sur la nappe parmi les tasses de chocolat, se roulait par terre sur la prairie : « Mais cela ne leur suffit pas... Elle voulait aller en Espagne, malgré le change d'aujourd'hui. Le change d'aujourd'hui. Comme si je pouvais me permettre cela. Mais une de ses amies y allait... Je lui ai dit : « Pourquoi pas en Chine ? il rit : Ho-ho ! d'un rire méchant où traîne encore un reste de bonhomie, son rire mauvais, gêné et faux : Ho-ho ! Pourquoi pas en Chine ? Il lui fallait, rien que pour son équipement, sept ou huit mille francs. » Ils avaient l'air étonnés — il avait envie de les mordre, il était déchaîné, il aurait voulu les prendre, les serrer, les arracher à cela, à ce luxe clinquant qu'il haïssait, à tout ce cadre qui l'exaspérait, où il s'était laissé entraîner bêtement par eux, les punir. « Mais oui, mais parfaitement, rien que pour l'équipement... il regardait devant lui, l'air têtu, plein de rancune... Mais oui. C'est comme ça. Mais oui... » Ils essayaient maladroitement de le calmer, prenaient un ton incrédule : « Oh ! vous devez exagérer un peu... » Alors il s'était dressé, plein de rage, il avait levé son poing en hurlant et l'avait abattu sur la table — il se laissait aller avec eux, ils étaient de ceux, comme moi, avec qui les gens comme lui se déchaînent, ils ne savaient pas le maintenir — il avait crié : « Assez ! Je le sais ! C'est comme ça ! » Et ils avaient sursauté, ils s'étaient retournés pour voir si l'on avait entendu aux autres tables : un signe de faiblesse de leur part qui avait achevé de le déchaîner : « Assez ! Taisez-vous ! Je le sais ! Je les connais. Ils sont comme ça. C'est comme ça. Il n'y en a jamais assez pour eux. Ils ne sont jamais contents. Tous pareils. Je les connais. Il n'y en a jamais assez. La lune... la Chine... » Il mêlait tout ensemble dans le même sac, les servantes trop pimpantes, les gens assis aux petites tables autour de lui, comme des poupées immobiles dans leurs vêtements trop neufs, trop apprêtés, ses amis qui l'avaient entraîné là, qui le forçaient à rester là, alors qu'il avait envie, lui aussi, peut-être, d'être ailleurs, tout seul, parmi ce qu'il aimait, partir... sa fille enfin et moi qui le défiions maintenant de loin, en train de nous pavaner quelque part à son détriment, de faire les parasites, pâmés devant « les chefs-d'œuvre », quelque part le nez en l'air devant des porches d'église ou des bouts de colonnes célèbres, en train de le narguer, de le ravaler.

C'est un signe favorable, paraît-il, un des signes de la guérison, quand le malade se détache de son médecin, ne sent plus le besoin d'être soutenu par lui. A cet égard, je semblais guéri. Je ne pouvais plus penser à mon spécialiste qu'avec un sentiment d'éloignement mêlé de dégoût. Il m'était difficile de comprendre comment j'avais pu avoir la faiblesse de recourir à lui. Ce n'était pas, cependant — et je ne m'y trompais pas — un signe d'indépendance, de force. Je n'avais fait que changer de maître. C'était l'Inconnu maintenant, « l'Homme au pourpoint » qui tenait la laisse au bout de laquelle je me promenais. Un lien très doux, celui-ci, peut-être d'autant plus dangereux pour mon indépendance que je ne sentais pas en moi le moindre désir de m'en libérer.

L'Inconnu me servait d'écran, me protégeait. Ce coup perfide que le vieux venait de m'assener de là-bas, de sa ferme-laiterie, me parvenait amorti. Il me semblait qu'il venait me frapper seulement par ricochet, après avoir d'abord atteint « l'Homme au pourpoint ». Quelque chose venant de lui, une parcelle arrachée à lui au passage, son vague et frais parfum, me parvenaient, accompagnant l'angoisse habituelle, la haine. L'Inconnu prenait sa part de mon tourment. Je n'étais plus seul. Un sentiment réconfortant de confiance, de dignité, de fierté même me soutenait tandis que je prenais le chemin du retour.

L'appel du vieux, le défi qu'il m'avait lancé me poussaient à rentrer ; l'impatience aussi de l'affronter, de me mesurer à lui, maintenant que je me sentais soutenu. Je me disais bien que ce n'était probablement qu'une ruse de ma part, une excuse que je m'étais trouvée pour justifier mes vieux penchants morbides, me laisser aller à mes anciens errements, glisser sans remords dans ce trou béant qu'ils ouvrent toujours devant moi et où je tombe à leur poursuite, mais je devais constater pourtant, en toute impartialité, que quelque chose avait changé.

Une jouissance nouvelle, encore pleine de la saveur des plaisirs défendus, mais qui s'apparentait à la joie que j'éprouvais en allant retrouver mes fétiches, les objets de mon culte, une jouissance rappelant celle, très douce, que je ressentais devant les pierres veloutées que l'eau caresse avec un clapotis léger ou devant les pans de mur inondés de soleil au bout de l'ombre mauve des ruelles, une joie inconnue jusqu'alors l'emportait sur l'angoisse habituelle tandis que je partais les retrouver. Revoir leur cadre : les squares blafards entourés d'une bordure de buis, les petites places pétrifiées, et les façades inertes des maisons avec leur air impersonnel, absent, cet air qu'elles ont de ne pas vouloir attirer l'attention, établir un contact, offrir la moindre prise, comme si elles craignaient qu'un regard trop appuyé ne fît sourdre au-dehors quelque chose qui se tient tapi derrière leurs murs ; quelque chose qu'elles sécrètent malgré elles et contiennent. Il y avait aussi dans ma jouissance un peu de cet égoïsme douillet, de ce petit orgueil secret du riche qui prend plaisir à se promener dans des quartiers sordides, à visiter la Foire aux Puces, en savourant le contraste piquant qu'elle fait avec le décor luxueux d'où il vient de sortir et où il va bientôt rentrer. J'avais le sentiment, en revoyant tout cela, de ce même contraste savoureux avec mes trésors que je venais de quitter et qui étaient encore présents en moi, cette même impression de sécurité délicieuse, de désinvolture.

Et c'est sans doute pour accroître un peu ma joie, corser un peu le plaisir que, le lendemain même de mon arrivée, je suis allé rôder, un peu au hasard, dans la banlieue. L'endroit où je me trouvais me rappelait certains décors de mon enfance, des pavillons étroits, à l'aspect rugueux, au teint brouillé, précédés de jardinets poussiéreux plantés d'arbustes taillés en forme de pagodes, d'oiseaux, et entourés toujours de ce grillage noir bordé de buis.

J'errai longtemps, m'arrêtant dans certaines petites rues particulièrement atones et engourdies, éprouvant une drôle de satisfaction, d'une saveur un peu louche : une sensation très intime et douce de repliement sur soi, accompagnée, rehaussée plutôt par une vague impression de faire quelque chose de réprouvé... et aussi comme une exaltation confuse.

Cette exaltation se changea en une attente inquiète — toujours ce mélange d'appréhension et d'espoir — pendant que je montais l'escalier de la gare pour rentrer. Je me tenais arrêté sur la passerelle, au-dessus de la voie ferrée, penché sur la balustrade, regardant avec une extrême attention le quai d'un gris sale sur lequel flottait une fumée âcre, à l'odeur soufrée et, derrière, l'avenue descendant vers la gare, une avenue morne bordée de chaque côté par les pavillons grumeleux, les jardinets aux arbres mutilés. J'étais tout tendu. Il me semblait que j'appuyais, que je pressais sur tout cela, comme on presse sur un fruit pour en extraire le jus, de toutes mes forces ramassées.

Comme toujours, avant même de les apercevoir, je sentais leur présence. Elle rendait l'atmosphère vibrante et dense, comme serrée, tendue dans un violent effort pour les projeter au-dehors.

Et j'ai eu, cette fois encore, une impression de truquage ou de miracle, semblable à celle qu'on doit éprouver à voir les performances accomplies, dit-on, aux Indes, par certains fakirs, cette corde qu'ils lancent en l'air et que toute une foule émerveillée voit se tenir dressée dans l'air, droite et raide comme le tronc d'un palmier.

Ils avançaient lentement le long du quai. Ils m'apparaissaient, comme Moïse dans ses nuées, tout enveloppés par la fumée soufrée du train qui venait de passer. Extrêmement scéniques, comme toujours. Si scéniques, si grimés qu'ils semblaient invraisemblables, impossibles. Des personnages faisant leur entrée en scène. Je me tenais penché sur la balustrade de la passerelle. Mon cœur battait très fort. C'était la même émotion qu'autrefois dès que je les voyais, mais mêlée, cette fois, d'un sentiment de satisfaction, de fierté : celui du fakir qui a réussi son tour.

Ils marchent le long du quai : lui, son dos rond dans son pardessus râpé, un peu tassé sur lui-même (il le fait exprès, je le sais : on se fait vieux, que voulez-vous, hein ? C'est la vie... la jeunesse, hein ? hein ? l'âge mûr...), il a son feutre tout râpé aussi, celui qu'il met habituellement pour des randonnées de ce genre, quand il va rendre visite à ses vieux amis de toujours, pour qui il ne « fait pas de frais », chez qui « il se sent comme chez lui »... il les connaît depuis si longtemps... C'est la femme de son ami, la vieille qui marche à son côté, à qui il donne le bras... Je la reconnais, c'est bien elle, elle a vieilli, elle est toute ratatinée, elle aussi, elle porte un manteau de peluche noire si usé qu'il a des reflets roux comme s'il était rouillé, elle tient un baluchon à la main, une sorte de sac à provisions, ce doit être un humble baluchon de toile cirée noire, je ne vois pas très bien — la passerelle se trouve très haut au-dessus du quai et je vois mal à cause de la fumée et des gens qui circulent sur la plate-forme et qui, à chaque instant, me les cachent — je le devine plutôt rien qu'à cet air d'attendrissement, de compréhensive sollicitude avec lequel il lui prend le baluchon des mains et le pose par terre entre eux devant le banc où ils s'installent côte à côte, en attendant leur train.

Il aime cela, je le sais, l'humble baluchon de toile cirée et le vieux manteau râpé, et le quai sale rempli d'odeur soufrée, les pavillons, les jardinets : c'est pour flairer cela, humer cela, avec cette volupté équivoque, au goût douceâtre, qu'on ressent à renifler ses propres odeurs, qu'il est venu ici. Un peu comme j'ai fait moi.

Il a pris le train, tout émoustillé déjà quand on lui a donné son billet et qu'il a lu sur le petit carton gris de troisième classe le nom de la station. Il se tenait pelotonné sur lui-même dans le wagon, savourant par avance, plein d'une drôle de satisfaction qu'il n'aurait pas bien su analyser, et il s'est senti tout guilleret quand, à la sortie, en rendant son billet, il a aperçu, devant la gare, l'avenue poussiéreuse bordée de jardinets gris et, sur la grille de l'un d'entre eux, juste en face de la gare, la plaque fêlée qu'il connaît bien (elle a toujours, depuis trente ans, la même fêlure), portant cette inscription en lettres dorées : Docteur-Médecin. Mardi. Jeudi. Samedi. Il a eu, lui aussi, probablement, ce même sentiment d'excitation légère, d'attente, de repliement délicieux, quand il a poussé la grille, traversé le jardinet et appuyé son doigt sur le bouton de la sonnette.

Il a besoin, de temps en temps, de venir se frotter à cela, de venir flairer cela, il y a dans tout cela quelque chose, sûrement, qui l'excite, lui procure une sensation semblable à celle du bourgeois cossu qui se promène à la Foire aux Puces, ou peut-être une impression d'évasion craintive, d'affirmation de soi un peu honteuse, furtive, cette sorte de contentement qu'éprouvent ceux qui se laissent aller à satisfaire un vice secret.

Sûrement, comme je suis venu portant avec moi mes trésors, il est venu, portant en lui comme arrière-plan la pelouse éclatante, bien astiquée, de la ferme-laiterie, la jetée au bord du lac où il marchait le matin, tout propre et parfumé, dans son costume bien repassé, lisant son journal au soleil, achetant pour les femmes, les filles de ses amis, sans regarder au prix — il paie toujours n'importe quoi dans ces cas-là : la jolie vendeuse lui sourit, l'air ravi — des fleurs, des bouquets de cyclamens, de violettes.

Il aime ainsi, pendant qu'il est avec les gens, se mettre, sans qu'ils le remarquent, à l'écart, se dédoubler secrètement, goûter, sans jamais rien montrer surtout, cette liberté exquise qui lui permettra, quand il le voudra, de faire peau neuve, de changer de décor, tandis qu'ils resteront là indéfiniment devant les jardinets mornes, sur la petite place endormie.

Ils font le voyage ensemble : elle a quelque course à faire à Paris, sans doute, et profite de l'occasion de faire le voyage avec lui.

Comme il est attentif auprès d'elle... Voilà qu'il déplace, pour qu'on ne le piétine pas — comme il doit savourer cela, ces précautions, ce respect — le baluchon... Il a des gestes si satisfaits, pleins d'une si tendre sollicitude... Il se pousse un peu sur le banc tout contre elle pour faire plus de place à un petit vieux qui vient de s'installer près de lui.

Ils sont immobiles, tout noirs, opaques dans la fumée. Ils ne bougent pas, assis côte à côte, lui, incliné un peu en avant, les deux mains appuyées sur le pommeau de sa canne, elle adossée au banc, les mains croisées sur son ventre, le regard vague. Je me penche, j'attends, plein d'impatience, de dégoût, il me semble que je taquine doucement du bout d'un bâton des bêtes inertes pour voir si elles vont remuer.

Il se pelotonne un peu contre elle, il est bien au chaud contre elle, dans cette grisaille qu'il aime, il hume délicieusement l'odeur soufrée.

Je me penche par-dessus le parapet, tendu, toutes mes forces tendues vers eux si fort qu'il me semble que je vais craquer.

Il y a quelque chose qui m'excite et m'exaspère comme si quelqu'un s'amusait à me taquiner comme on taquine un chien en lui caressant le museau avec un os ou un bout de sucre. C'est une idée — très vague encore — qui me chatouille ainsi. Il me semble l'accrocher par instants, la saisir par un bout, et puis elle m'échappe de nouveau. C'est le baluchon de toile cirée qui m'a d'abord mis sur la piste : une intuition déjà, un pressentiment, avait attiré mon attention sur ce baluchon, sur cet air, surtout, de sollicitude, avec lequel il lui avait pris le baluchon des mains. Il y avait là autre chose encore que de la sollicitude — un respect grave, de la vénération : devant ce baluchon, il aurait pu enlever son chapeau et s'agenouiller. La plaque fêlée, les arbustes rabougris, tout ce décor sordide et étriqué, ce sont ses fétiches à lui, les objets de son culte : « la dure nécessité », probablement... « la triste réalité »... ce avec quoi il ne plaisante jamais... Mais il me semble qu'il joue (un train me les cache, pas leur train, heureusement, il ne s'arrête pas : j'ai si peur qu'ils ne m'échappent au moment où je suis là à m'efforcer de les fixer, de les placer bien au centre de l'objectif) — il joue, c'est certain : un jeu bizarre, morbide... il s'amuse à caresser cette Réalité, à l'effleurer doucement... C'est là son plaisir, de s'ébattre un peu ainsi à sa surface. Le même plaisir, sans doute, la même jouissance cachée qu'il éprouve parfois à suivre les enterrements, à regarder le cercueil descendre au fond du trou et à entendre le petit bruit que font les pelletées de terre tombant sur le bois du coffre.

Il aime cela, venir ainsi de temps en temps baiser un pan du vêtement de leur déesse à tous les deux (lui et sa fille) : ils se ressemblent.

Seulement il joue un jeu dangereux. Elle est toute-puissante, la vieille qui est avec lui — une vestale du culte. Elle en a tous les insignes sacrés : la vieille toque et le manteau de peluche rouillé, le baluchon de toile cirée, et l'attitude : les mains croisées sur le ventre, l'air humble et résigné, et le visage : cette tête placide qui approuve docilement, se dodeline. Ses paroles sont toutes-puissantes. Pourtant elle semble être, comme les élus que la Divinité choisit pour accomplir de saintes missions, la pureté, l'innocence même.

Je la vois qui se tourne vers lui : il est évident qu'elle ne se rend compte de rien, il n'est rien d'autre à ses yeux qu'une vieil ami bien brave sous ses airs bourrus, « le bourru bienfaisant » : elle est si innocente, si crédule qu'elle l'a toujours accepté dans ce rôle qu'il a choisi de jouer auprès d'elle et de son mari ; elle lui demande sans doute des nouvelles — « il a du mal, le pauvre, il est si seul, au fond », — elle lui pose des questions... sur son chauffage, peut-être, comment se débrouille-t-il ? sa chaudière ne marchait pas, lui avait-il dit la dernière fois, ou sur sa bonne... si elle s'est enfin rétablie, ou sur sa fille... elle croyait avoir entendu dire qu'il avait des soucis d'argent, des placements qui avaient mal réussi... je n'en sais rien, mais il me semble la voir — comme dans ce jeu où l'on cherche, les yeux bandés, un objet caché — le palper un peu au hasard pour trouver quelque chose, un point sensible... j'ai envie, penché sur eux, de crier : « C'est tiède, c'est froid, non, non, c'est chaud maintenant, ça brûle. » Il remue, un peu impatienté, il se cabre, il secoue la tête comme le taureau quand on lui plante les banderilles, elle « brûle »... sa fille... il répond (sa voix doit être très basse, presque étouffée) : « C'est toujours pareil, elle ne changera jamais, vous savez bien, on ne peut pas la changer »... la vieille est tout près maintenant, mais elle ne voit rien, elle est toute innocence : « Quoi ? à son âge encore, elle continue à exiger de vous ?... Eh mais c'est qu'elle commence à prendre de la bouteille... à son âge on a plus de dignité que cela... elle pourrait être grand-mère... il est bien temps

102

pourtant qu'elle comprenne la vie, qu'elle apprenne qu'on n'est pas là pour s'amuser... » Il a baissé la tête, il étouffe, il marmonne un acquiescement qui exprime son impuissance : « Hé oui, c'est comme ça... » Sa voix est enrouée... Il lui semble que la vieille promène les mains sur ses plaies, il a envie de crier, mais elle ne voit rien... Elle prononce innocemment les paroles consacrées : « Ils sont durs avec vous... »

Je ne vois pas sa réaction, le train approche, ils se lèvent, je le vois qui saisit le baluchon et la pousse vers les troisièmes. Ils montent. Elle a dû s'asseoir, et lui, debout dans la foule très serrée dans ces trains de banlieue, il sent que le jeu a mal tourné, il a été trop près du trou... il a glissé... la vieille l'a poussé dedans... il la déteste maintenant — de quoi se mêle-t-elle ? La puanteur du wagon l'incommode, il lui semble que les pavillons grumeleux, les buis poussiéreux, toute cette banlieue sordide, ont laissé sur lui un dépôt qui l'agace comme un enduit poisseux sur le visage et les mains. Il a hâte de s'arracher à tout cela, de rentrer.

Quand ils seront arrivés à la gare de Denfert, il se sera repris un peu, il lui serrera la main de son air de bon bourru ; « Et alors, à bientôt, hein ? A bientôt Merci. Merci. » d'une voix qui aura retrouvé son timbre. Et elle lui dira timidement, pour le consoler (c'est si triste, cette vie solitaire) : « Et ne vous tourmentez pas, allez... » Il haussera les épaules avec ce sourire qu'il a quelquefois, un sourire un peu enfantin, gêné et comme fautif, pour lequel ses amis l'aiment, qui le rend parfois irrésistible et qu'elle trouvera attendrissant, moi-même il m'attendrit.

Ce sera l'image qu'elle conservera de lui : ce visage tourné de trois quarts — un schéma vague aux lignes à peine indiquées, où se détache, plus appuyé, le contour de la joue qui a, vue sous cet angle, quelque chose de naïf, d'intact comme chez un tout jeune homme, — et ce sourire fautif, touchant, d'enfant.

Et lui, tandis qu'elle lui secoue la main, il sent que malgré lui il se fait semblable à cette image, il la reflète fidèlement : c'est cette extrême sensibilité à l'impression que les autres ont de lui, cette aptitude à reproduire comme une glace l'image que les gens lui renvoient de lui, qui lui donne toujours la sensation pénible, un peu inquiétante, de jouer avec tous la comédie, de n'être jamais « lui-même » : « un trait, dirait mon spécialiste, fréquent chez les nerveux ».

Cette image qu'il reproduit en ce moment, de « bon enfant », de « philosophe naïf et désarmé devant la vie », le remet tout à fait d'aplomb. Il se sent bien maintenant. Il a d'ailleurs la faculté de se redresser ainsi très rapidement. Si je me plantais devant lui tout à coup, là, au beau milieu de la rue, et lui criais à brûle-pourpoint : « Eh bien, ça a mal tourné, hein, l'expédition... pour aller flairer le sordide ? La vieille a tout gâché... vous savez bien... vous vous rappelez... sur le banc... quand vous attendiez le train ? » je crois qu'il serait sincère quand il dirait qu'il ne comprend rien, mais rien absolument, à ce langage dément : ils ne comprennent jamais quand on leur assène ainsi des vérités de ce genre, pas plus lui que les autres, pour cela il est comme eux, ou bien il se fait comme eux, je ne sais pas, avec lui on ne sait jamais, rusé comme il est, toujours à double face, se jouant à lui-même aussi sans cesse la comédie. Mais je sais, en tout cas, que je resterais bredouille si j'osais jamais tenter ce genre d'expérience avec lui.

C'est leur moyen de défense à tous, je l'ai déjà dit, cette inconscience, sincère ou simulée. Ils se mettent en boule quand le danger devient trop grand, se ferment de toutes parts et laissent ces « vérités », les miennes, que je couve amoureusement, rebondir contre eux sans pénétrer.

Arrêté devant sa porte, sur le palier, il secouerait la tête de cet air indulgent, amusé, que pourrait prendre un adulte en se rappelant les bavardages décousus d'un enfant : « Qu'est-ce que c'est que cette histoire-là ? ce langage délirant ? ces histoires à dormir debout ? » Il hocherait la tête, tout en choisissant posément sa clé dans le trousseau étalé sur la paume de sa main, il hausserait les épaules ; l'aventure répond déjà dans son souvenir à l'étiquette qu'elle portait au départ : une visite qu'il remettait depuis trop long-temps... mais il a fallu tout de même se décider un jour, on ne délaisse pas ainsi ses vieux amis, avec qui on a tant de souvenirs communs, ah ! ça ne nous rajeunit pas, bien sûr, il y a trente-cinq ans déjà depuis qu'il l'a rencontrée, que dis-je, trente-cinq ans, il y aura dans un an quarante ans exactement depuis qu'il l'a vue pour la première fois, elle était encore toute jeune : « Je me suis procuré des verres fumés, vous voulez regarder ? je veux absolument voir l'éclipse de soleil », il se souvient comme si c'était hier de la façon dont elle lui avait dit cela en fronçant le nez, une moue qu'elle a encore parfois, cela l'avait frappé comme elle lui avait dit cela la première fois qu'il l'avait vue... Hé oui, c'est vieux tout ça, on a tous bien changé depuis, mais c'est bon tout de même, de vieux amis, on se sent à l'aise avec eux, chez soi, comme dans de vieux vêtements, mais il a fait très chaud dans le train, le voyage est fatigant dans ces trains de banlieue bondés, il faudra partir plus tôt une autre fois ou alors plus tard, accepter de rester dîner, sans quoi c'est vraiment vannant, ce retour... C'est cela qu'il se dirait, c'est ainsi, toujours, qu'ils se replient, comme des escargots qui se rétractent tout de suite dès qu'on avance un doigt pour les toucher, rentrent leurs cornes et s'enfoncent dans leur coquille. C'est cela qu'il se dit sûrement, tandis qu'il rentre chez lui, referme sa porte, pose son chapeau sur la table de l'entrée, jette son pardessus sur la banquette.

Il se laisse tomber dans son fauteuil, le fauteuil où il se tient habituellement, assis derrière son bureau, et s'immobilise, le regard fixe, le ventre en avant. Une grosse masse molle et lourde. Je me sens tout à coup, près de lui, tout petit, minuscule, sa grosse masse boursouflée occupe tout l'espace, m'aplatit contre le mur. Il me semble que je suis maintenant près de lui, tandis qu'il est assis là sans bouger, pareil au Petit Poucet, quand il épiait, effrayé, le sommeil de l'Ogre.

Bien carré dans son fauteuil, il lit un petit livre à couverture cartonnée qu'il a pris sur son bureau ; il lit avec effort, remuant sur sa chaise impatiemment... je sais, je l'ai vu, je me souviens de l'avoir rencontré une fois, allant faire sa promenade du matin, un de ces petits livres à la main, il me l'avait montré avec un sourire un peu moqueur et satisfait : « Oh ! quelque chose d'extrêmement simple, de très enfantin, un simple livre de classe, un manuel d'école primaire, d'arithmétique... » Je voyais comme il s'amusait de mon étonnement... « Hé ! oui, c'est mon passe-temps favori, ces lectures de manuels scolaires. Très bien faits, savez-vous. Excellents. Extrêmement intéressante, la façon dont on présente maintenant ces choses-là aux gosses. Pas si simple, du reste, qu'on le croit — il regardait devant lui de son regard dirigé au loin — pas simple du tout quand on réfléchit bien, quand on se donne la peine de creuser un peu... »

Il a repris sa lecture à la page qu'il avait étudiée ce matin avant d'aller prendre le train : le chapitre sur la division... Apaisante comme l'est aux yeux de l'assiégeant la citadelle qui arbore le drapeau blanc, la preuve par neuf est là qui se soumet à lui complètement, lui livre maintenant, après quelques sursauts de résistance vaine, ses derniers secrets. Il sent son esprit se tendre et craquer sous l'effort pour triturer cette matière solide et dure... la preuve par neuf... les quatre opérations... les fractions...

C'est là-dessus qu'il s'exerce, c'est là-dessus qu'il aiguise ses pinces, ses mandibules. Il lui faut si peu de chose, à lui, un simple livre de classe à l'usage des enfants de douze ans lui suffit — il n'y a que les mauvais ouvriers, il aime à le répéter, qui se plaignent des mauvais outils — à lui, il faut si peu, quelques exercices, chaque jour, une bonne gymnastique pour maintenir en forme, pour assouplir, conserver en parfait état, toujours prêt à servir, cet instrument perfectionné, cet appareil puissant que la nature lui a donné, grâce auquel il a su s'acquérir au bout de longues années cette place de choix, cette situation privilégiée... Je sais maintenant ce qui me faisait toujours penser, quand je le voyais assis à sa table sans bouger, qu'il était comme une grosse araignée immobile dans sa toile. Ce n'est pas seulement cet air qu'il a toujours, quand il est là, replié sur lui-même, de guetter une proie, c'est aussi sa position : au centre — il est au centre, il trône, il domine — et l'univers entier est comme une toile qu'il a tissée et qu'il dispose à son gré autour de lui.

Assis là, immobile, il a de plus en plus, à mesure que les années passent, une impression de liberté, de puissance.

Il n'a pas besoin de bouger. Qu'il le veuille seulement et n'importe quoi, n'importe lequel de ces objets qui sont là, tant qu'il n'a pas fixé sur eux son regard, à flageoler, hésitants, au bord de l'existence, qu'il le prenne seulement, n'importe lequel d'entre eux, l'encrier, le presse-papiers, qu'il le regarde intensément — et aussitôt, quelle métamorphose... Y a-t-il une œuvre d'art... qui peut venir me parler de Poussin, de Chardin ?... pourquoi s'agiter, courir dans les musées ?... lui, il n'y va jamais, il n'en a pas besoin quand il suffit de bien regarder ce bout de tapis usé, là, sous la fenêtre, au soleil, ou cette lampe, cet encrier, cette feuille de papier blanc sur la table... Quel peintre pourrait rendre jamais ce mystère, cette merveille, ce miracle...

Il aime ainsi parfois, quand il est assis, là, à sa table, s'amuser à saisir au hasard n'importe quoi, l'objet le plus effacé, le plus insignifiant, à le hisser hors de son néant, à le tenir quelques instants, tout frémissant de vie, sous son regard tout-puissant, puis à le laisser retomber. Et moi qui suis là, aplati dans mon coin à guetter, il n'a qu'à tourner vers moi son regard et je serai — comme l'autre fois, dans l'escalier — pareil au papillon qui se débat affolé dans la lumière aveuglante

108

des phares, ou plutôt je serai sous son regard semblable à une fourmi qu'il s'amuserait quelques instants à observer, tournant affairée, s'acharnant comiquement à soulever une charge visiblement trop lourde. Il me lâcherait bientôt, je ne retiendrais pas longtemps son attention. Je l'intéresse trop peu. Il a d'autres passe-temps bien plus intéressants, infiniment plus profitables, d'autres jeux plus attachants.

Il n'a qu'à étendre la main et elles sont là, à sa portée, agréablement présentées, dépouillées de vains ornements, réduites à l'essentiel — mais il n'a pas besoin de s'embarrasser de détails, l'essentiel lui suffit, il n'a pas de temps à perdre, il a le monde entier à lui — elles sont là, coquettement arrangées pour le retenir, le charmer, contenues dans ces petits livres étalés sur son bureau, des petits livres à couverture saumon, si commodes qu'on peut, tenez, les mettre dans sa poche quand on veut les emporter avec soi en promenade ; elles sont là, à sa portée — il n'a qu'à étendre la main — les recherches, les découvertes les plus récentes, les théories, les constructions les plus savantes, les plus hardies : de grands bonshommes, il aime à le reconnaître, de très forts bonshommes, il le répète volontiers, plissant les lèvres, hochant la tête d'un air appréciateur. C'est souvent amusant d'observer leur passion, leur parti pris, leur acharnement aveugle, ces œillères qu'ils portent, même les meilleurs d'entre eux. Mais il ne les blâme pas. Il comprend. Il sait que c'est nécessaire, cette limitation, ce parti pris, cet aveuglement, pour qu'ils puissent fabriquer à son usage ces produits de qualité. Pour lui, tandis qu'il est assis là, ils ne sont rien d'autre, ces petits livres étalés sur son bureau, que des instruments de choix dont il se sert, des instruments d'optique perfectionnés, des lentilles, des verres déformants aux teintes diverses, à travers lesquels il regarde.

Au gré de son caprice, de son humeur, suivant que va à tel ou tel d'entre eux sa préférence du moment, le spectacle se modifie. Tout change. Au gré de son caprice. Le monde, docile, s'élargit à l'infini ou au contraire se contracte; devient étroit et sombre, ou immense et transparent. A son gré, les couleurs changent. Rien n'est fixe. Rien ne s'impose à lui. Sous son impulsion, comme la toile légère où se balance l'araignée, le monde oscille et tremble.

Et petit à petit, à mesure que les années passent, il éprouve toujours plus fort, quand il est assis là tout seul, un sentiment exquis de sécurité, de quiétude. Un sentiment comparable à celui du petit rentier confortablement installé dans le pavillon coquet, aménagé à son goût, qu'il s'est fait construire pour ses vieux jours; une satisfaction, tandis qu'il ouvre tour à tour les petits livres à couverture saumon, comme celle du retraité quand, le soir, avant d'aller se coucher, il inspecte son domaine, tâte les poires du jardin enveloppées dans leurs sachets de papier, ouvre les boîtes disposées sur la planche de la cuisine et regarde : ici la canelle, là le sucre ou le café. Tout lui appartient. Il est chez lui. A l'abri.

Mais attention, je sens que je serais assez tenté de m'attarder dangereusement sur cette image, cet aspect de lui qu'il étale devant moi maintenant avec tant de complaisance : le rentier à l'abri dans son pavillon coquet... sa quiétude... ce sentiment de sécurité qui augmente curieusement avec l'âge... C'est tout juste si je ne me laisserais pas aller à m'attendrir sur son

110

détachement, sur cette sérénité si seyante à la vieil-
lesse. Encore un peu et je le verrais tel qu'il aime se
montrer, enhardi jusqu'à oser braver — tant il se sent
fort — ses angoisses d'autrefois, cette peur qui le
lacérait brusquement (il le raconte souvent), autrefois,
dans sa jeunesse ; s'amusant à sentir le picotement
léger, le chatouillement que fait sur lui sa pointe
émoussée ; flânant, comme il m'est arrivé de le voir (il
aime ce genre « rêveries du promeneur solitaire »), un
de ses petits livres à la main, dans les cimetières ;
savourant les contrastes ; se plaisant à écouter, par les
radieuses matinées de printemps, le pépiement des
oiseaux, strident dans le silence trop grand ; se pen-
chant, plein d'une satisfaction attendrie, sur les tom-
bes pour lire les inscriptions ; rêvant à ce qu'a pu être
la vie de tous ces gens, ce chaînon dans la chaîne
infinie, cet éclair...

J'allais, si je ne m'étais retenu à temps, me laisser
aller mollement sur cette pente glissante. J'étais en
train de me laisser engluer doucement. Avec lui, il faut
toujours être sur le qui-vive, n'avancer qu'avec la plus
extrême prudence, en se retournant à chaque pas. Il
faut se méfier surtout de ce sentiment de victoire facile
qu'il peut donner parfois, quand il se laisse aborder
ainsi de front un peu trop complaisamment, dans une
immobilité si différente des bonds furtifs par lesquels il
s'échappe habituellement, dès qu'on l'approche de
trop près. Mais je crois que j'ai pu, cette fois, me
reprendre à temps. Il y a toujours ainsi, comme dans
les romans d'aventures, quelque chose au dernier
moment qui me sauve.

C'est un souvenir, cette fois, qui est venu me tirer de
cet état de détente satisfaite auquel j'étais en train de

m'abandonner paresseusement. Le souvenir d'une de
ces petites exhibitions comme il en donne parfois et qui
m'avait mis, déjà à ce moment-là, la puce à l'oreille.

C'était un soir — un beau soir de printemps — je
m'en souviens. Je l'ai rencontré avec un ami à lui, en
train de prendre le frais sur le boulevard.

Ils marchaient tous les deux côte à côte dans l'allée
du milieu où l'air était meilleur entre les deux rangées
de platanes. Ils avançaient lentement, appuyés l'un
sur l'autre, comme portés par l'air douceâtre et mou
du soir. On aurait dit qu'ils tenaient en laisse, se traînant derrière eux languissamment, l'air maussade, un
jeune homme, un adolescent, le fils de l'ami, je crois.

Je me suis mis à les suivre aussi, marchant en silence
à côté de lui.

Ils discutaient entre eux de leurs sujets préférés, ils
parlaient de la mort, de la vie... Ils avaient l'air de ne
pas nous remarquer, mais c'était, je le savais — et
l'adolescent maussade le savait sûrement aussi — une
parade en notre honneur : « La mort, disait-il à son
ami, la vie — et je sentais comme il se pelotonnait
délicieusement en lançant sur l'adolescent et moi un
regard de côté pour juger de l'effet produit — comme
ce sont des questions qu'on grossit dans la jeunesse...
L'importance démesurée — il agitait les bras dans un
geste emphatique — qu'on attache à tout cela, à sa
mort, à sa vie. Maintenant que la fin se rapproche, de
toute cette comédie, on s'aperçoit que ce n'était rien
vraiment, à peine un instant de conscience... un
éclair... Et quand on pense combien peu de gens
songent à cela. Ils ne s'en préoccupent jamais. Par

peur ? Par inconscience ? Mais pour moi qui le vois toujours comme le fond immuable sur lequel se joue la comédie, je comprends de mieux en mieux combien tout cela compte peu, passe vite, toutes ces rêveries de gloire, d'amour, de bonheur, qui amusent notre jeunesse. C'est que pour nous, hein — il souriait de son air fin, désabusé — pour nous c'est bientôt fini, le tour est joué... » L'adolescent maussade continuait à les suivre docilement en silence. L'auréole dont ils se nimbaient le fascinait sans doute, ou peut-être n'avait-il pas la force de lutter, tout affaibli qu'il était, fragile et sans défense dans l'air trop tiède et doux, dans la mollesse déliquescente de ce soir de printemps.

De temps en temps, on les voyait s'écarter l'un de l'autre et se donner de grands coups sur l'épaule, l'air satisfait, et les pans de leurs longs pardessus noirs, un moment confondus, se séparaient et flottaient derrière eux comme des bannières, des étendards : « Oui, disait-il, j'avais un ami qui avait dressé son perroquet à dire à tout propos : « Tout cela n'a « vraiment aucune importance.» Croyez-moi, chacun de nous, à notre âge surtout, devrait avoir un perroquet comme celui de mon vieil ami. » C'est ainsi que je l'ai vu jouer un soir à ses jeux en apparence anodins, à ses jeux clandestins, donner, sûr de l'impunité, ses coups de patte furtifs, comme un chat qui joue avec une souris.

Je me souviens comme le malaise vague que cette petite scène avait produit en moi, semblable à la sensation de digestion pénible, de langue pâteuse que donne une nourriture de qualité douteuse, se dissipa soudain, et le sentiment de soulagement, de joie que

113

j'éprouvai fut si grand que je m'arrêtai brusquement au bord du trottoir et me mis à rire tout haut. Cela n'avait pas pris avec moi. Il avait eu affaire, avec moi, à trop forte partie. Je riais tout haut, arrêté au bord du trottoir. Le coup avait raté. Et c'était moi maintenant qui dominais, qui tenais le bon bout. J'avais réussi à saisir, dépassant de l'armure solide qu'il s'était fabriquée et où il se croyait bien en sûreté, quelque chose de vivant — sa main qui se tendait vers moi furtivement J'avais saisi sa main au vol. Je le tenais.

Comme le sang gonfle les artères, bat aux tempes et pèse sur le tympan quand la pression de l'air ambiant devient moins grande, ainsi la nuit, dans cette atmosphère raréfiée que fait la solitude, le silence — l'angoisse, contenue en nous dans la journée, enfle et nous oppresse : c'est une masse pesante qui emplit la tête, la poitrine, dilate les poumons, appuie comme une barre sur l'estomac, ferme la gorge comme un tampon... Personne n'a su définir exactement ce malaise étrange.

Des coups frappés quelque part au fond de nous, des coups étouffés, menaçants, semblables aux battements sourds du sang dans les veines dilatées, nous réveillent en sursaut. « Mes réveils de condamné à mort », c'est ainsi qu'il les appelait, ces réveils anxieux qui le faisaient se dresser sur son lit au petit jour, c'est ainsi qu'il en parlait, je m'en souviens, au temps où il mettait sa coquetterie à se parer de cela : sa sensibilité si délicate, son inquiétude de bon aloi... « Mes réveils de condamné à mort... »

114

Étendu tout pantelant sur son lit, on s'aperçoit petit à petit, comme l'œil qui s'habitue à la pénombre commence à distinguer peu à peu les contours des objets, qu'il y a, provoquant ce gonflement, ces élancements sourds, quelque chose, un corps étranger qui est là, fiché au cœur de l'angoisse, comme l'épine enfoncée dans la chair tuméfiée, sous l'abcès qui couve. Il faut extirper cela absolument, le sortir le plus vite possible pour faire cesser le malaise, la douleur, il faut chercher, creuser, comme on fouille la chair impitoyablement avec la pointe d'une aiguille pour en extraire l'écharde.

Elle est là, plantée au cœur de l'angoisse, un corpuscule solide, piquant et dur, autour duquel la douleur irradie, elle est là (parfois il faut tâtonner assez longtemps avant de la trouver, parfois on la découvre très rapidement), l'image, l'idée... Très simple d'ordinaire et même un peu puérile à première vue, d'une un peu trop naïve crudité — une image de notre mort, de notre vie. C'est elle que nous trouvons le plus souvent, notre vie, comprimée, resserrée sur un espace réduit, pareille à ces vies telles qu'on nous les présente parfois dans les films ou les romans, figée en un saisissant raccourci, barrée durement de dates (vingt ans déjà... trente ans... le temps écoulé... la jeunesse gaspillée... finie... et au bout l'échéance finale...), une image d'une effrayante netteté dont les ombres et les lumières ressortent accentuées, condensées comme sur une photographie tirée à format réduit. Notre vie, non pas telle que nous la sentons au cours des journées, comme un jet d'eau intarissable, sans cesse renouvelé, qui s'éparpille à chaque instant en impalpables gouttelettes aux teintes irisées, mais durcie, pétrifiée : un paysage lunaire avec ses pics dénudés qui se dressent tragiquement dans un ciel désert, ses profonds cratères pleins d'ombre.

Il peut parader, je le sais, il peut étaler, avec une apparence de vraisemblance, devant l'adolescent crédule, sa sérénité, son détachement : voilà assez longtemps déjà que ce n'est plus elle, cette image, qu'il retrouve et ramène au-dehors quand il sonde son angoisse.

Peut-être, sentant confusément que ses forces ont diminué, n'ose-t-il plus se risquer à l'aborder de front, à la saisir et à la tenir devant lui comme il faisait autrefois, et se contente-t-il, tournant autour d'elle timidement, d'en arracher, pour tromper sa douleur, par-ci, par-là, une parcelle ; ou peut-être sa sensibilité est-elle devenue si grande qu'un rien, comme sur une peau délicate, suffit pour provoquer l'irritation, ou encore, si l'on aime mieux, peut-être son angoisse est-elle maintenant si dense que la plus infime parcelle y produit, comme en un milieu sursaturé, la cristallisation ; ou bien peut-être souffre-t-il tout simplement — c'est souvent un des effets de l'âge — de cette sorte d'affaiblissement que les psychiatres appellent, je crois, « le rétrécissement de l'esprit », et ne peut-il plus, enfermé dans un cercle toujours plus exigu, s'attacher qu'à d'infimes détails ; ou est-ce tout cela réuni ?... mais ce n'est plus elle maintenant, cette vision d'ensemble, cette vue panoramique de sa vie, de sa mort, qui le fait sursauter tout tremblant et le tient éveillé la nuit.

C'est quelque chose de minuscule — de si ridiculement petit, de si particulier à lui, que cela ne vaudrait même pas la peine d'en parler, qu'il n'y aurait vraiment pas de quoi se vanter : personne ne pourrait sympathiser, admirer, personne ne comprendrait — une parcelle infime. Il ne l'aperçoit pas d'abord. Il la pressent seulement, elle s'annonce à lui par une sensation vague comme le souvenir d'une saveur, d'une odeur, une odeur à la fois âcre et fade, et par une impression confuse de grisaille morne, un peu sale. Il la reconnaît, c'est la saveur, c'est la couleur même de la peur, nous la reconnaissons tous deux, c'est celle des jardinets blafards aux buis taillés, des pavillons grumeleux ou peut-être des bois alentour, ces bois un peu sinistres de la banlieue où rôdent entre les troncs livides, sous les taillis broussailleux, des réminiscences macabres... Mais non, c'est une odeur légèrement soufrée, c'est la grisaille sale de la gare, du quai, on entend des coups de sifflet déchirants, annonciateurs de séparations tragiques, d'arrachements, la vieille est là, près de lui, sur le banc, avec son ventre pointu, sa bouche édentée... elle le regarde d'un petit regard de côté et sourit de son sourire inquiétant, faussement tendre... c'est là, il le sent : quelque chose qui a mûri dans tout cela, qui a éclos dans cette odeur, ces sifflements, quelque chose de solide, de dur, il faut le saisir, l'extirper pour calmer le gonflement, la douleur... c'est là, il le tient maintenant, cela avait pénétré en lui si insidieusement qu'il n'avait perçu sur le moment, comme lorsque l'épine pénètre dans la chair, qu'un picotement passager, mais maintenant il le sent, c'est là le point brûlant d'où partent les élancements, d'où la douleur irradie : « Ils sont durs avec vous. » Le jugement, la sentence infaillible : « Ils sont durs avec vous... » Les jeux sont finis, les coquetteries, les taquineries, les échappatoires, les atermoiements. La

voilà, inéluctable, implacable, la Réalité elle-même ; il
sent sa pointe acérée plantée en lui comme un dard :
« Ils sont durs avec vous », et il presse et il gratte et il
fouille tout autour comme on fouille impitoyablement
la chair tuméfiée : il le sait bien, il n'en a jamais douté,
il peut crever tout seul, ils le laisseraient crever tout
seul s'ils n'avaient plus besoin de lui, elle surtout,
toujours plus insatiable, plus avide, fixée sur lui
comme une sangsue, elle draine toutes ses forces, elle le
vide... il lui semble, tandis qu'il est couché là, immobile, que son sang s'écoule de lui petit à petit, aspiré
par elle... il presse, il fouille encore, il sent comme un
poids, une boule brûlante dans la poitrine, au creux de
l'estomac, et tout à coup un élancement plus fort :
« Le fruit de quarante années de labeur » — les mots
déchirent comme des pointes de fer : « Quarante
années de labeur », le fruit de quarante années de
privations, d'efforts, c'est cela qu'ils dévorent, qu'ils
arrachent par petits morceaux — des lamproies. Il
presse toujours, il creuse, c'est là maintenant, quelque
chose de plus dur encore, de plus précis, autour de cela
l'angoisse, comme un sang vicié et noir, s'épaissit et
enfle : quatre mille francs, les derniers quatre mille
francs qu'il vient de lâcher bêtement, par fatigue, par
faiblesse... Il les connaît bien pourtant, les charlatans
qui n'en ont qu'à son argent, le « docteur » comme elle
dit, mais elle est si suggestible, si crédule, une idiote,
une demeurée, il lui avait crié cela : idiote !... avec tout
le monde, il n'y a qu'avec lui qu'elle est si têtue, si
méfiante, les autres en font ce qu'ils veulent, elle est
bêlante devant eux, désarmée, à la merci du premier
venu... des massages, il lui fallait cela... il n'avait pas
eu de peine, le charlatan, à la persuader en un tour de

main. Il voit son cou qui se tend, sa tête qui branle :
« Ah ! hffi... vraiment, docteur, vous pensez ? cela me
fera du bien ? Ah ! hffi... » Il n'y a que sur lui qu'elle
avance de cet air agressif — un serpent qui redresse la
tête et mord : « Parfaitement, tout le monde s'étonne
que j'aie attendu si longtemps, je ne peux presque plus
marcher... » La marche, les sports, le plein air, sa
nouvelle manie... c'est ainsi qu'elle a réussi à se faire
cette foulure au pied... mais elle n'en a pas besoin — il
a envie de se rouler sur son lit furieusement comme un
chien qu'une guêpe a piqué — elle n'a même pas
besoin de cet argent, il la connaît, elle a son petit
magot qu'elle entretient avec les sommes qu'elle lui
arrache, son pécule qu'elle grossit à son détriment...
seulement, elle ne l'entamera jamais, ça non, pour rien
au monde elle n'y toucherait, c'est bon pour lui, son
papa, il entend les voyelles mièvres... paa-paa... où
perce une exigence têtue, infantile... mais il sent tout à
coup un arrachement, un déchirement si violent — il
lui semble que d'innombrables aiguilles lui traversent
en tous sens la poitrine — qu'il se dresse brusquement
et s'assoit sur son lit : son regard, l'autre jour, cet air
avec lequel elle s'est effacée devant lui quand il l'a
croisée dans le couloir portant un paquet... il éprouve
maintenant une sensation analogue à celle d'un enfant
nerveux qui, entendant du bruit la nuit, cherche dans
tous les coins, ouvre un placard et croit sentir tout à
coup, sous sa main qui fouille au hasard dans les
vêtements, quelque chose de tiède, de vivant — une
présence — quelqu'un tapi là, immobile, prêt à se jeter
sur lui (on n'oserait dire qu'il se sent glacé de peur ou
qu'il sent ses cheveux se dresser sur sa tête, tant on se
méfie, souvent à tort, de ces images stéréotypées ;

pourtant elles traduiraient à peu près littéralement la sensation qu'ils éprouvent tous deux, l'enfant et lui)... ce geste, ce bond qu'il a surpris en entrant l'autre jour dans la cuisine... cette fois, il n'en peut plus, il faut faire quelque chose, agir, tout de suite, il saute au bas de son lit, il faut aller voir, vite, tout n'est peut-être pas encore perdu, ce ne sont peut-être, après tout, que des imaginations de la nuit... les jeux, les atermoiements sont peut-être encore permis, juste encore un petit peu... il se dépêche, vite, il n'a pas le temps de chercher ses pantoufles, et, pieds nus, en chemise de nuit, il court à travers le couloir, à la cuisine, grimpe sur une chaise et regarde : c'est là, posé sur la planche au-dessus de l'évier — la barre de savon est là, on voit son bord fraîchement coupé, le bord même, tranchant, précis, de la réalité. Le doute, l'espoir n'est plus possible : un gros morceau de la barre a été coupé. Il regarde : près d'un bon tiers. Elle en a coupé un gros morceau, près d'un bon tiers. C'est cela que signifiait ce geste, ce bond qu'elle avait fait et son air effarouché : « Oh ! comme tu m'as fait peur... » quand il était entré.

Il est arrivé tout au bout. Il a sondé jusqu'au fond. Il n'y a pas à chercher plus loin. Il éprouve, après ce paroxysme, une sorte d'apaisement. L'étreinte se desserre autour de sa gorge, de sa poitrine, il respire plus librement, tandis qu'il retourne se coucher, emportant cela avec lui — ce fait solide et dur — comme un os pour le ronger à son aise dans sa tanière.

Sa pensée maintenant, tandis qu'il est couché dans son lit, parcourt ses contours rigides, précis, elle les examine, les palpe, fait le tour du propriétaire : la barre de savon a été coupée. Elle a volé un morceau de la barre de savon. Il l'a toujours su : elle le pompe, elle le gruge. Il a beau se méfier, ne rien laisser traîner à sa portée, il ne peut pourtant pas tout tenir sous clef... ce n'est pas pour rien qu'il trouvait que le savon « filait » tellement ces derniers temps, ce n'est sûrement pas la première fois... c'est comme le beurre l'an dernier, le cirage... la bonne l'avait déjà remarqué, mais il n'y a rien à faire, il faudrait tout cacher, elle est là, toujours à l'affût, en train d'épier, elle grignote par petits morceaux, elle l'a toujours trompé, volé... comment a-t-elle eu l'audace d'en couper un si gros bout, peut-être l'avait-elle fait en plusieurs fois, mais non, pourtant, il ne croit pas, elle portait un assez gros paquet... Comme la boule de billard japonais, lancée d'une main maladroite, au lieu de bondir loin de la rainure qui la retient, fait un tour complet et revient, ainsi sa pensée se met maintenant à tourner inlassablement sans pouvoir s'échapper. Elle tourne en rond sans fin et revient au point de départ... son geste, son bond, la façon dont elle s'est effacée devant lui dans le couloir... ce n'est pas la première fois... il avait beau la surveiller... l'année dernière déjà, quand ils avaient convenu pourtant, fixé, après Dieu sait quelles scènes, quelles histoires, combien il lui verserait chaque mois, il a la conviction qu'elle venait chiper du beurre dans son garde-manger, c'était une véritable manie... il vaudrait mieux fermer... Mais non... la bonne... et puis l'image revient de nouveau : la barre fraîchement coupée... son sourire de fausse ingénuité, il ne s'y était pas trompé, elle le gruge, elle le ronge... il sait maintenant qu'il en a pour des heures, l'insomnie va se prolonger, sa pensée, comme la boule de billard japonais, va refaire le même parcours. Petit à petit il lui semble qu'il sent dans son esprit, comme dans un membre engourdi, une sorte de crampe, de lourdeur, tandis que sa pensée, sans pouvoir s'échapper, tourne toujours (maintenant sa trajectoire est si bien tracée qu'elle ne subit plus, d'un tour à l'autre, aucun changement). Le mouvement devient peu à peu mécanique : le bond, la barre de savon, sa dissimulation, elle le ronge, elle le gruge... Il sent une fatigue, un écœurement, son cerveau est comme durci, vidé, seule la petite boule, inlassablement, court toujours. Il fait un effort pour lui donner une impulsion qui la fasse bondir hors du sillon, il cherche à la pousser dans une autre direction : le livre qu'il vient de lire, auquel il s'était promis pourtant de bien réfléchir, cette nouvelle théorie si curieuse sur l'évolution, ce petit bouquin si intéressant... mais non, il n'y a rien à faire, elle est maintenue solidement : la barre de savon coupée, l'inflexible réalité l'enserre entre ses parois rigides. Il essaie de recourir à d'autres moyens déjà éprouvés, très recommandés dans les cas d'insomnie : il compte jusqu'à cent, jusqu'à mille, espérant, par un procédé analogue à celui du brouillage pratiqué à la radio, contrecarrer son mouvement, mais il ne fait qu'énoncer machinalement les chiffres tandis que sa pensée emprisonnée court toujours dans le même sillon.

Par moments, il éprouve une exaspération terrible, le besoin d'arrêter cela à tout prix, de se lever, de courir chez sa fille, de la prendre par le collet, de la secouer, de crier, de lui dire qu'il l'a démasquée, de lui « sortir ses vérités », mais il fait nuit encore, et il est seul, couché là, impuissant, elle le tient à sa merci, elle draine ses forces. Ce sera encore une nuit blanche pendant laquelle, comme un vampire elle l'aura sucé, vidé. Demain, il se lèvera la tête bourdonnante et vide.

Mais peu à peu, à mesure que le jour se lève, la petite boule dans son esprit ralentit son mouvement. Elle n'avance plus maintenant que par bonds espacés, on dirait qu'elle s'arrête un peu de temps en temps. Et quand le jour se lève tout à fait, quand le voisin ouvre ses volets, quand la bonne referme en entrant, d'un claquement familier, la porte de la cuisine — la petite boule s'arrête. Le calme se fait en lui. Et il s'endort enfin d'un sommeil apaisé d'enfant.

Le réveil est paisible. La barre de savon, posée sur la planche au-dessus de l'évier, luit doucement au soleil matinal, comme le sable moiré de la plage après une nuit d'orage.

Rien ne subsiste des obsessions, des tourments de la nuit. Ils font penser à ces taches, ces ombres que forment sur l'écran, dans la chambre obscure, les os d'un corps humain traversé par les rayons X. Elles disparaissent dès qu'on rallume la lumière, et le corps retrouve son opacité.

Pour moi aussi, l'image tourmentée, la forme grotesque qui courait pieds nus, en chemise de nuit, s'est effacée.

Et lui, il est là de nouveau, comme si de rien n'était, dressé devant moi comme autrefois, opaque et clos de toutes parts. Ses contours épais se dessinent lourdement dans la lumière du jour.

Il n'y a plus de lien entre nous. Plus de signes de lui à moi. Aucun regard de connivence. Je pourrais essayer de le suivre, passer et repasser devant lui pour attirer son attention, rétablir un contact — il me regarderait distraitement sans me voir.

Les peurs, les angoisses sont oubliées.

Il est même extraordinaire de voir combien dans les moments les plus dangereux des journées, il peut rester inconscient et calme.

On peut l'observer, marchant avec la miraculeuse adresse du lunatique sur l'extrême bord du vide qui se forme parfois au début des après-midi.

Le dimanche après-midi, quand tout semble vaciller dans l'air gris autour de lui, les trottoirs, les maisons blafardes, il se tient campé solidement (il est avec des amis, ils attendent quelqu'un sans doute), ses deux mains enfoncées dans les poches de son pardessus — une masse compacte et lourde qui se balance silencieusement au bord du trottoir. Il n'a pas peur. Il est là, dans la sécurité trompeuse des petites rues assoupies, comme dans son élément. Il a l'air satisfait, tandis que bien planté sur ses pieds écartés, il se balance légèrement d'avant en arrière au bord du trottoir. Il joue. Il oscille sur place comme un énorme serpent qui s'éveille de son sommeil repu.

Il est détendu, à son aise. Il rit de son rire secret, pendant qu'il parle avec ses amis et s'amuse par de petites pointes habilement décochées, comme par de petits coups de dard légers, à les taquiner un peu pour les sentir tressaillir faiblement et se rétracter.

Le dimanche après-midi, quand tant de gens sentent comme une crampe légère au cœur tandis qu'ils se laissent glisser sans pouvoir se retenir dans le vide, il marche d'un pas assuré tout au bord de la peur.

Alors que les hommes, tous réunis d'un côté du salon, discutent comme il se doit de finances ou de politique, lui se tient un peu à l'écart, écoutant d'une oreille distraite.

Les bras appuyés aux accoudoirs du fauteuil, ses cuisses un peu grasses écartées, penché légèrement en avant, il suit des yeux avec une attention amusée les jeunes femmes, les jeunes filles qui s'empressent, offrent les petits fours, versent le thé. Et tout à coup, quand elles passent à sa portée, — comme dans ces jeux de foire où l'on s'amuse à accrocher à l'aide d'une gaule terminée par un anneau des objets exposés sur une plaque tournante — il lance sa gaule brusquement : « Et alors ? Et alors ? Comment ça va-t-il ? Comment ça va-t-il donc ? » Il regarde l'assiette de petits fours : « C'est du touron, hein ? hein ? Ce n'est pas du touron ? C'est bon, ça, le touron ? Vous aimez cela ? Vous savez ce que c'est ? Et le fandango, hein ? Vous connaissez le fandango ? C'est joli ? Vous savez danser cela, le fandango, hein ? hein ? » Elles rougissent légèrement, un peu décontenancées, mais elles se remettent très vite, elles connaissent ses manières bizarres, ses boutades de vieil original, et elles sourient gentiment, d'un air innocent, en essayant de se dégager doucement : « Mais bien sûr que je connais cela... je dansais le fandango quand j'étais petite... vous savez bien... c'est mon pays, je suis née là-bas... » Il rit, l'air enchanté, de son rire pour lui tout seul, il

serre plus fort, il tire : « Biarritz ? hein ? hein ? Ustarritz ? Vous savez ce que c'est ? Vous connaissez ?
Ustarritz ? Il roule les *r* très fort. Biarritz ? La Bidas-
soa ? hein ? hein ? Chocoa ? » ou bien autre chose,
suivant les cas : « Perros-Guirec ? hein ? hein ? Ploër-
mel ? Plougastel ? Les galettes ? Les flans ? Hein ? Pont-
Aven ? La pointe du Raz ? » Il n'a pas besoin de
chercher bien loin, n'importe quoi, il le sait, peut faire
l'affaire. Ce sont les timides surtout qu'il choisit, je l'ai
remarqué, les délicates, les sensitives qui tressaillent,
rougissent plus vite que les autres et se mettent à
frétiller doucement, en faisant des efforts attendrissants pour se dégager : « Kotori tchass, leur dit-il à
brûle-pourpoint, tchernoziom... hein ? hein ? Novo-
tcher-kassk ? Il détache fortement chaque syllabe...
No-vo-ros-siisk... Il sait où les accrocher le plus
commodément, il se souvient toujours, il ne se trompe
pas... Kotori tchass... hein ? hein ? Vla-di-vos-tok ? Pol-
ta-va ? » Il regarde amusé comme elles se débattent
timidement, gênées, comme un peu honteuses et en
même temps vaguement flattées, elles sourient gentiment, attentives à lui plaire, et répondent d'une petite
voix tout juste un peu troublée : « Non, je ne sais pas
le russe... je suis née ici... toutes ces villes russes... vous
savez, la géographie et moi... et vous, vous êtes allé là-
bas ? »... elles découvrent délicieusement, en souriant,
leurs petites dents, elles frétillent légèrement... des
êtres exquis, tout d'instinct... des abeilles... des papil-
lons... c'est ainsi qu'il les appelle souvent... Il aime la
grâce de leurs gestes délicats, leurs réflexes si vifs, si
subtils auprès de la lourdeur raisonnante de leurs
pères ou de leurs maris... Il se rengorge, ravi, il
prolonge encore le jeu... jusqu'au moment où, fatigué

126

tout à coup, il les lâche après avoir répété, mais juste pour la forme et presque mécaniquement : « Ah! tiens. Ah! vous ne comprenez pas? Ah! Ah! vous n'y êtes jamais allée? La géographie ne vous intéresse pas... » d'une voix un peu atone, lassée. Il est apaisé, satisfait, son regard glisse sur elles distraitement, tandis qu'il se lève pour se rapprocher du groupe des hommes.

Debout près d'eux, les mains enfoncées dans les poches de son pantalon où il remue d'un geste familier ses clés, il écoute en opinant de la tête gravement. Bientôt il intervient. Ses paroles semblent bien pesées, pleines d'assurance : « Mais il n'y a pas de question... mais il ne peut en être question... ils vont à un échec certain... jamais la Chambre ne laissera passer le projet... il n'obtiendra jamais un vote de confiance... » Il discute avec animation, tout à son affaire. Un courant s'établit, délicieux. Le cercle des hommes, solide, rassurant, se resserre autour de lui. Bien d'aplomb sur ses pieds écartés, les mains enfoncées dans ses poches où il fait tinter ses clés, il a l'air détendu, sûr de lui, tout à fait dans son élément.

Rien de commun maintenant, pas le moindre lien entre lui et la forme grotesque de la nuit.

Si j'essaie, par un très grand effort, de l'évoquer de nouveau, cette image tourmentée, il me semble que, pareille à mon ombre portée, elle me rejoint, et, comme mon ombre quand le soleil monte dans le ciel, elle diminue rapidement, se ramasse à mes pieds en une petite tache informe, se résorbe en moi-même.

Si ce n'avait été qu'elle seule, je ne m'y serais pas fié. Je sais qu'il lui faut si peu de chose, un rien la fait trembler, l'Hypersensible tapissée de petits tentacules soyeux qui frémissent, se penchent au moindre souffle et font qu'elle est sans cesse parcourue d'ombres rapides comme celles que la brise la plus légère fait courir sur une prairie ou sur un champ de blé.

Comme les chiens flairant toujours le long des murs des odeurs louches, connues d'eux seuls, le nez collé à terre, elle flaire, sans pouvoir se détacher, les hontes; renifle les sous-entendus; suit à la trace les hontes cachées.

Elle révèle leur présence comme la baguette du sourcier. Elle vibre à toutes les hideurs. Il m'est arrivé parfois de sentir comme une bouffée d'air chaud se répandre sur tout mon corps tandis que je la voyais se contorsionner quand, sortant ensemble d'un spectacle où je l'avais rencontrée avec ses amis, je leur demandais, insistant exprès — parce que je la sentais frémissante déjà, couchée comme l'herbe sous le vent — où ils habitaient et leur offrais de les déposer chez eux. Je devinais, rien qu'à son tremblément, à son tortillement silencieux près de moi, dans l'obscurité de la voiture — sans même avoir vu leurs chaussures éculées ou leurs pardessus râpés, avant même qu'ils m'aient répondu évasivement qu'il « suffirait de les déposer au coin de la rue, ce n'était pas la peine de tourner, c'était à un pas de là » — leurs humiliations secrètes que son tortillement, j'en étais sûr, et je la haïssais pour cela, avait éveillées. C'était elle, je le savais, qui faisait sourdre au-dehors et se tordre sous les regards gênés des gens les hontes, se replier les doigts déchirés des vieux gants usés, rien qu'en détournant ses yeux pudiquement dans le métro de la main gantée, ou reculer les pieds sous la banquette. Je la haïssais pour cela et elle me méprisait pour ma désinvolture grossière, ma balourdise. A ses yeux, je faisais peu raffiné, un peu paysan du Danube, pas compréhensif, pas sympathisant comme elle, quelqu'un de peu civilisé. Je connais son extrême délicatesse. Aussi à elle seule je ne me serais pas fié.

J'étais bien décidé, cette fois, à ne pas « marcher », à rester hors du jeu et à considérer, comme je l'avais vu faire à d'autres avec un si enviable naturel, d'un air d'incompréhension un peu étonnée, ses contorsions. Je les avais remarquées tout de suite : je ne peux jamais m'empêcher de les voir immédiatement. Je les sens presque avant de les voir. Je ne peux jamais éviter de percevoir, venant d'elle, les décharges les plus légères, et de vibrer à l'unisson. C'est pour cela aussi qu'il m'est arrivé souvent de la haïr, pour cette complicité, cette promiscuité humiliante qui s'établit entre nous malgré moi, cette fascination qu'elle exerce toujours sur moi et qui me force à la suivre à la trace, tête basse, flairant à sa suite d'immondes odeurs.

C'était chez eux, à un déjeuner auquel j'avais été invité, je ne sais plus à quelle occasion, il y a déjà assez longtemps de cela. J'avais vu immédiatement (elle ne sort jamais, même quand j'ai l'air distrait, occupé à regarder ailleurs, entièrement de mon champ visuel), j'avais remarqué tout de suite ses yeux qui s'étaient mis à courir tout à coup comme l'aiguille aimantée qui se met à osciller plus fortement d'un côté à l'autre du cadran, indiquant l'intensité accrue du courant. Les coins de sa bouche se crispaient légèrement comme tiraillés par un tic. Je sentais qu'elle avait envie de se dresser, de s'interposer pour empêcher quelque chose de se produire, pour l'arrêter, mais qu'elle ne pouvait que se contorsionner doucement sur place à sa manière silencieuse, à peine perceptible.

Mais j'étais résolu, ce jour-là, à me désolidariser, à me tenir à l'écart. Et pour bien marquer ma désapprobation, mon éloignement, je promenais autour de moi ce regard indifférent et placide de sybarite à peau épaisse, qui l'irrite parfois tellement, un regard qui constatait visiblement qu'il n'y avait rien, rien qui pût justifier ces grimaces ridicules, pas de quoi fouetter un chat — et il n'y avait rien, en effet, je cherchais à m'en persuader — rien que ce que tous les autres percevaient sans doute comme moi, une atmosphère de cordialité un peu forcée, une tension, une gêne légère comme celle qu'on sent généralement au début d'un repas entre convives pas trop bien assortis ou assez peu liés entre eux. Je me disposais, quoi qu'elle fît, à me prélasser agréablement avec les autres invités dans cet état heureux qui leur est habituel, d'inconscience innocente et satisfaite. Et même, pour bien marquer les distances entre elle et moi, couper entièrement le contact, je me sentais assez d'humeur, si l'occasion se présentait, à « gaffer », comme je fais parfois quand elle m'exaspère trop, à mettre délibérément, comme elle doit dire rageusement, « les pieds dans le plat ».

Pourtant il m'était impossible, malgré ma répugnance, ma paresse, de ne pas remarquer, cette fois, chez d'autres, parmi ceux qui étaient présents, des mouvements analogues aux siens et décelant une sorte d'inquiétude vague, d'agitation, un désarroi silencieux rappelant celui qu'on observe chez les animaux à l'approche de l'orage.

La vieille bonne qui passait le plat paraissait se courber un peu plus par moments, penchée, elle aussi, comme l'herbe sous le vent, d'un air d'appréhension et d'attente. Il y avait en elle, tandis qu'elle baissait les yeux, attentive seulement en apparence à présenter le plat bien d'aplomb sur sa main renversée, quelque chose qui se rétractait, se tendait, effrayé et en même temps avide.

Et lui, le vieux, quand, faisant un effort sur moi-même, je me suis décidé enfin à le regarder, espérant encore me tromper, j'ai vu que son air de bonhomie, de grosse cordialité bourrue avait disparu : il se taisait, renfrogné, en tapotant nerveusement la table.

Il n'en fallait pas plus pour que c'en soit fait de mes velléités d'indépendance, d'innocence. Je retrouvai tout de suite mon rôle, ma qualité de corps conducteur à travers lequel passaient tous les courants dont l'atmosphère était chargée.

La conversation maintenant rendait pour moi un autre son, elle perdait son apparence de conversation banale et anodine. Je sentais que certains mots qu'on prononçait ouvraient de vastes entonnoirs, d'immenses précipices, visibles aux seuls initiés qui se penchaient, se retenaient — et je me penchais avec eux, me retenais, tremblant comme eux et attiré — au-dessus du vide.

Mais nous faisions plutôt penser, tandis que nous étions là, tout ramassés sur nous-mêmes, à écouter, aux spectateurs qui observent, les yeux levés et la tête rentrée dans les épaules, les performances du gymnaste marchant sur la corde tendue, ou de l'acrobate s'apprêtant à faire le saut périlleux, ou qui regardent, la respiration suspendue, un somnambule avançant d'un pas assuré tout au bord du toit, le long de la corniche.

Dieppe... on parlait de Dieppe, de ses environs, de Pourville où il se trouvait que tous avaient, une année ou l'autre, passé l'été : les plages de galet sont laides, disait un jeune invité, c'était lui surtout qui parlait, mais la mer... nulle part elle n'a des nuances si belles, si variées... il y a un endroit particulièrement charmant, c'est le golf, le terrain de golf entre Pourville et Dieppe, le plus admirablement situé qu'il ait jamais connu — le jeune acrobate avançait d'un pas léger sur la corde tendue et nous le regardions — sinon celui de Gairloch, en Écosse, dans cette magnifique région des lacs. Il adorait cela, disait-il, et nous le regardions : il se balançait maintenant nonchalamment, suspendu par les mains au-dessus du vide... il adorait jouer au golf sur ces terrains accrochés à la falaise où la brise de la mer, le parfum de l'air salin se mêlent à l'odeur exquise de l'herbe écrasée... il se balançait plus fort, nous le regardions... il allait, d'un moment à l'autre, prendre son élan — « Est-ce que vous jouez au golf, demandait-il, avez-vous jamais joué ? » Elle remuait faiblement la tête en signe de dénégation : « Non, non... jamais elle n'avait joué... elle ne jouait pas... » — « Vous avez tort »... il se balançait très fort, il allait sauter : « Et vous, Monsieur, il se tournait vers le vieux, c'est un sport qui a cet avantage qu'on peut le pratiquer à tout âge, il n'est jamais trop tard... les Anglais... » le jeune fou, l'inconscient, l'innocent allait venir s'écraser à nos pieds, une loque informe et molle, étendue dans la poussière... mais non, rien n'arrivait... nous entendions le vieux répondre d'une voix où nous seuls pouvions percevoir cette nuance un peu forcée, cette note un peu enrouée qui révélait la réalité du danger, de la menace qui avait pesé : « Non, mais je crois qu'il est tout de même un peu tard pour commencer, je suis un peu trop vieux, c'est que, vous savez, je ne suis pas comme vos Anglais... » Tout allait bien. Le jeune acrobate avait brillamment, avec une aisance parfaite, saisi entre les mains l'autre trapèze. Mais voilà qu'il se balance de nouveau, prêt à prendre son élan... encore un instant et de nouveau, de plus loin encore, cette fois, de plus haut, il s'élance : « Mais vous, dit-il, et il s'adresse à elle, vous auriez beaucoup aimé cela, j'en suis sûr, rien ne vaut ces marches, le matin, dans l'herbe encore couverte de rosée... libre, on se sent libre, léger, seul, car on peut — c'est un des grands avantages de ce sport délicieux — on peut, si l'on veut, se passer de partenaire. Le caddie vous suit à quelques pas... car il faut absolument prendre un caddie... rien ne gâche autant le plaisir que de devoir soi-même trimbaler les cannes... » Les portes de la geôle étaient forcées ; la lumière entrait à flots... il n'était pas un jeune acrobate faisant le saut périlleux, mais saint Georges, étincelant d'audace et de pureté, avançant vers elle, l'épée à la main, pour la délivrer... mais elle se tenait blottie contre le mur, dans le coin le plus obscur, détournant la tête... elle ne voulait pas, elle savait qu'il ne fallait pas regarder, se redresser et aller vers lui, vers l'air pur, la lumière, vers les gestes intrépides, les gestes désinvoltes et insouciants... tous repliés sur nous-mêmes, collés au mur comme elle, tête baissée, nous attendions... il avançait tout droit : « N'est-ce pas, Monsieur, que votre fille devrait commencer à jouer au golf ? Je me charge de lui apprendre, si vous venez dans nos parages cet été, mes parents ont là une propriété... » Le dragon ne bougeait pas, il se tenait immobile, un faux sourire bonasse sur sa gueule entrouverte : « Mais bien sûr, mais bien sûr... Pourquoi pas ? Pourquoi pas... », la porte était ouverte, ils n'avaient qu'à sortir, qu'attendaient-ils ? qui les en empêchait ? Mais elle ne s'y fiait pas, elle refusait, ses yeux couraient de côté et d'autre, sa voix était toute mince et mièvre, étranglée : « Oh ! je vous remercie, c'est très gentil, mais je ne crois pas vraiment, je crois que je n'aurais jamais le courage, je n'y arriverais jamais, je me sens un peu trop âgée... » Le vieux la regardait, elle sentait, nous sentions tous comme il la haïssait en ce moment, comme il nous méprisait, honteux pour nous, dégoûté, tandis qu'il nous voyait, blottis ignominieusement, collés au mur, courbés le nez dans la poussière.

Il allait bondir sur nous, ou bien se jeter sur le jeune fou, l'étreindre, le piétiner, le ravaler férocement, comme il sait faire... Mais non, une fois de plus le miracle se produisait... il se détournait d'elle tout à coup, de nous, il nous abandonnait à notre abjection. L'innocence, la pureté, l'insouciance l'emportaient... Il allait à elles, conquis, il se rangeait de leur côté.

Avec cet air d'indulgence admirative et attendrie avec lequel les vieux serviteurs dévoués, les vieux « butlers » des comédies anglaises sourient des facéties des fils de famille qu'ils ont connus tout petits, dont ils ont vu grandir le père, il souriait au jeune ami : « Alors, et moi, alors vous croyez que je ne suis pas trop vieux pour commencer ? mais c'est que je ne dis pas non, après tout, vous me tentez. Je ne dis pas non. Mon médecin sera content. Il m'a recommandé de beaucoup marcher. Et les cannes, comment appelez-vous cela, les clubs ? Comment les appelez-vous ?... Elles ont des noms bien compliqués... Comment dites-vous ? hein ? le Mashee ? le Mashee ? le Niblick ? ho ho, le Ni-blick ? » Il riait de son rire bonhomme. Rassurés, détendus, nous riions avec lui.

L'explosion, l'éruption que nous avions attendue, ramassés sur nous-mêmes, l'effrayant déferlement de scories, de cendres brûlantes, de lave bouillante, ne s'était pas produit. Il n'y avait rien eu — à peine quelques craquelures légères, un mince filet fugace de fumée décelant pour un œil averti l'activité du volcan.

Je m'étais démené inutilement, une fois de plus.

Prudence. Ils sont prudents. Ils ne se risquent jamais bien loin. Il faut les épier longtemps avant de percevoir en eux ces faibles tressaillements, ces mouvements toujours sur place comme le flux et le reflux d'une mer sans marées qui avance et recule à peine par petites vagues lécheuses.

Ils ne s'avancent jamais beaucoup. Il faut les guetter longtemps, tapi à l'affût, avant de les voir bouger. Bien des gens à ma place, je le sais, s'exaspéreraient à ce jeu, se décourageraient. Mais moi je serai patient. Je résisterai à la tentation qui me prend souvent, à les voir toujours si inertes, de leur donner un coup, juste un petit coup pour les pousser un peu, les faire sortir de force de cette eau stagnante où ils s'étirent doucement, par faibles déroulements mous, et les produire au jour, à la surface où l'on se meut librement par grands mouvements précis, par bonds immenses et excitants.

Mais je sais bien ce qui arriverait si je me permettais cela. Je les connais. Ils changeraient tout de suite. Ils se solidifieraient d'un coup, deviendraient durs et forts. Imposants. Arrogants. Absolument inabordables. Ils le prendraient de haut avec moi. Ils me tiendraient à distance — des étrangers qui ne me laisseraient pas approcher. Ce serait fini entre eux et moi, ce lien secret, connu de nous seuls, cet attrait. Nous ne connaîtrions plus, eux et moi, entre nous ces prolongements mystérieux, ces vibrations pareilles à celles que le diapason reçoit de l'objet qu'il heurte.

Ils ne seraient plus pour moi que de grosses poupées articulées, faites pour d'autres, faites par d'autres, et avec lesquelles je ne sais pas jouer.

Il faut donc continuer. Je l'ai déjà dit, je crois, je n'ai jamais eu le choix. Il faut prendre patience. Épier. Les voir se détendre faiblement, par d'à peine perceptibles mouvements — ceux de l'amibe sur sa plaque de verre — et se reprendre presque aussitôt.

Lui, comme il est prudent. Comme il se tient en sûreté. On a du mal à le surprendre. Il ne s'aventure jamais que par petits bonds peureux hors de la norme, et rentre tout de suite à l'abri.

Encore faut-il le plus souvent que ce soient eux qui le provoquent, le tirent.

Je me suis demandé plus d'une fois ce que peut être cet attrait mystérieux qu'il semble exercer sur eux, même à distance, ce besoin irrésistible qui les prend de le « chercher », comme on dit, d'aller se frotter à lui de temps en temps, à leurs risques et périls.

Immobile comme une grosse araignée dans sa toile, il a l'air de savoir qu'il n'a pas besoin de bouger — il n'a qu'à attendre. Ils ne manqueront jamais de venir, attirés comme des mouches.

La vieille bonne, installée devant sa table à ouvrage dans la petite chambre du fond donnant sur la cour sombre, se sent aux heures trop calmes des débuts d'après-midi, quand le temps se replie sur lui-même et guette, comme « des fourmis » dans l'âme : une crampe, un engourdissement qu'il faut secouer. Ou peut-être sent-elle vaguement, au cœur de cette torpeur, comme l'appel étouffé d'une sorte de lourde et louche volupté.

Mais elle ne se l'avoue pas, bien sûr. Ce sont des choses auxquelles ils n'accordent jamais droit de cité, des choses dont ils ne daignent jamais se préoccuper, ces petits remous en eux, ces vagues légères qui se succèdent en eux sans cesse : comment vivrait-on, n'est-ce pas, s'il fallait s'arrêter à tout cela, passer son temps à couper les cheveux en quatre, chercher midi à quatorze heures ?... non, elle n'y songe même pas, elle aimerait mieux sûrement, vous dirait-elle en toute bonne foi, finir son ouvrage... il y en a tellement... on n'arrive jamais à tout faire ici... il y aurait de l'ouvrage pour deux... Mais elle vient de se rappeler qu'il faut montrer à Monsieur, lui qui est assez tatillon pour cela... ah ! pour ça il tient à l'ordre, toujours assez près de ses sous, comme beaucoup de gens, à cet âge-là surtout, et alors presque maniaque, lui qui a l'air dans les nuages, pour tout ce qui touche à ses affaires... il faut lui montrer... c'est une vraie inondation... le papier est perdu... le rideau est complètement passé...

138

Il faut profiter de ce qu'il est seul maintenant, assis dans son bureau à ne rien faire... qu'il vienne voir... C'est leur méthode, toujours, je l'ai déjà dit, leur besoin, toujours, d'un alibi. Leur façon, quand ils se risquent peureusement hors de leur trou, de décrocher du mur une panoplie, une de ces armures dont ils se revêtent — elles sont toujours là, à leur disposition, ils n'ont que l'embarras du choix — et d'avancer prudemment, protégés par elle : « Qu'y a-t-il ? je ne comprends pas... je n'ai pas le temps... la journée ici ne suffirait pas... il faut que j'aille prévenir Monsieur... » On perdrait son temps à essayer de l'attaquer de front tant elle offre une surface lisse et dure.

Elle trotte, l'échine pliée, le long du couloir. Elle a une drôle d'expression sur son visage, un air qui rappelle assez curieusement celui qu'on voit généralement aux entremetteuses de comédie : obséquieux, allécheur et légèrement émoustillé. On dirait qu'elle se rend compte que c'est un plat accommodé à son goût, un régal de son choix qu'elle vient lui présenter là ; quelque chose, peut-être le sent-elle vaguement, que lui-même a déposé en elle et qu'il fait, maintenant, assis là-bas, germer en elle, éclore... Ils ont, lui et sa fille, eux spécialement, je l'ai remarqué, le don de faire surgir des gens certains gestes ou certains mots : on dirait qu'il y a en eux des petits harpons invisibles qui les accrochent, des aimants qui les soulèvent, les attirent. Elle, c'est quand elle a honte surtout, quand elle a peur, quand elle guette, toute frémissante, qu'il sort quelquefois, au grand étonnement de tous, même de la bouche des petits enfants, des mots qui vont à elle tout droit et adhèrent juste aux endroits sensibles comme des mouches à un papier collant.

Pour lui, c'est un peu différent. Lorsqu'il se tient immobile, tout replié sur lui-même, les gens, tirés ils ne savent comment, se lèvent et vont à lui. Des chiens. « Le chien qui rapporte » — c'est ainsi que je les appelle, quand ils arrivent, l'échine basse, s'approchent de lui, serviles, tenant entre leurs dents ce que lui-même leur a lancé, le déposent à ses pieds et attendent, l'œil quêteur, ils ne savent eux-mêmes trop quoi, une tape approbatrice ou un coup de pied.

Elle frappe à la porte doucement, elle a sa voix onctueuse de domestique dévouée : « Je ne dérange pas Monsieur ? C'est le robinet qui n'a pas dû être bien fermé... il est si dur... et le mur est tout trempé... Si Monsieur voyait le papier... »

On n'est jamais sûr avec lui, on ne joue jamais à coup sûr. Il n'a pas l'air de trouver à son goût ce qu'elle vient lui présenter là. Sa lèvre se retrousse (une moue qu'elle connaît bien), il ferme son livre en bougonnant, on ne peut jamais être tranquille... ils attendent toujours derrière les portes, prêts, au premier instant de défaillance, à venir. Là, il était un peu somnolent, il allait s'assoupir un peu. On dirait qu'elle l'a senti — tout de suite elle accourt, profitant de sa faiblesse... elle est là qui attend maintenant, en le fixant de son œil immobile et rond d'oiseau ; elle sait bien qu'elle est en train de le ravaler — ils sont bien plus rusés, bien plus conscients, au fond, qu'on ne croit, sous leur air stupide et anodin de volailles — elle prend plaisir à le tirer à soi, jalouse (ils sont jaloux de ces choses-là), hors de ce monde où — elle doit le sentir vaguement — il plane au-dessus d'elle, il lui échappe, pour l'enfermer dans son monde à elle, celui

140

où elle vit, tout dur et rêche, couvert d'aspérités, menaçant Elle jouit de cela sûrement, de le traîner là, devant ce trou, cette tache qui suinte, dans cette crasse qu'elle croit être à eux deux, mais qui n'est qu'à elle... Il n'en veut pas...

Mais il ne résiste pas. Elle peut être tranquille : il ne la renverra jamais. Jamais il n'osera rompre cette complicité établie de longue date entre eux. Il repousse son fauteuil et se lève : « Bon, bon, je vais aller voir ça. »

C'est une de mes idées favorites que la plupart des assassinats ne s'accomplissent qu'avec l'adhésion — inconsciente, naturellement — de la victime.

Elle ne s'était pas trompée, elle l'avait bien senti, tandis qu'elle allait, tirée, sans qu'elle sût bien comment, par lui, se frotter à lui, se faire caresser l'échine, elle savait bien qu'elle lui portait ce qu'il lui fallait, au fond, bien qu'il ne voulût pas le reconnaître et prît ces airs dégoûtés — la pâture qu'il attendait.

Il y a au début des après-midi, je l'ai déjà dit, des moments dangereux. Pas pour tous, évidemment. La plupart des gens — et je ne parle pas seulement des gens très occupés, toujours particulièrement bien protégés contre ces dangers-là — la plupart des gens traversent ces moments d'un pied léger comme les alpinistes bien exercés sautent les crevasses allégrement sans regarder sous leurs pieds.

C'est l'heure de la sieste, du repos ; le moment, après l'excitation du déjeuner, où ceux qui restent seuls dans les appartements silencieux éprouvent tout à coup comme une sensation de froid, une crampe au cœur, un vertige, l'impression que le sol se dérobe soudain sous eux et qu'ils glissent, sans pouvoir se retenir, dans le vide. C'est là, probablement, une illusion comparable, mais inversement, à celle qu'on a dans un train en marche, quand on croit voir se déplace les poteaux télégraphiques. Cette impression qu'ils ont de chute, de vertige, peut-être vient-elle de ce qu'ils sentent, dans ce silence, ce vide, le frôlement anonyme et froid du temps, la chute incessante des instants dont ils perçoivent tout à coup le glissement, comme on voit, quand le sang se retire du visage, les taches de rousseur, qui passaient inaperçues sur une peau colorée, apparaître et se détacher avec netteté sur la pâleur du teint.

Il n'y a rien autour d'eux à quoi se raccrocher, rien autour d'eux qu'une immense étendue grise le long de laquelle ils se sentent glisser doucement comme sur une paroi lisse — et ils cherchent, ils palpent un peu au hasard pour trouver quelque chose, une aspérité, une prise, quelque chose de dur, de sûr, à quoi se retenir.

C'est alors qu'ils les voient surgir : ils les voient poindre au loin, rassurants, prometteurs et attirants comme un mirage sur l'étendue aride du désert.

Délicieusement offerts, étalés sur le velours des vitrines, ils brillent à travers le poli des glaces, pareils aux frais cailloux qui étincellent sous la limpidité miroitante des cours d'eau... Des objets... Des objets dont les contours nettement tracés, les contours finis, parfaits, enserrent une matière dense et ferme : des porte-cigares, des montres, des sacs à main, des portefeuilles de cuir fin, des flacons, des briquets, des valises... La pensée, tout de suite, comme un orvet autour du bâton qu'on lui tend, s'enroule autour d'eux étroitement.

La crampe au cœur, la sensation de vertige disparaît d'un seul coup. Le pas périlleux est franchi.

Ils se sentent sur la terre ferme de nouveau, ils sont sauvés, tandis qu'ils sortent et vont, dans la claire lumière des débuts d'après-midi, vers les vitrines chatoyantes, les rues animées, portés par le pressentiment exquis d'un effort apaisant et joyeux, d'un tour de force délicat à accomplir, de toutes les chances qui s'offrent, de tous les risques à courir, par l'excitation délicieuse de l'aventure.

Entre eux et un univers informe, étrange et menaçant, le monde des objets s'interpose comme un écran, les protège.

Partout, derrière lui, ils se sentent à l'abri. C'est l'écrin douillet, soyeux et chaud dans lequel ils se transportent d'un bout à l'autre de la terre : Venise... les objets en écaille... les cadres en lapis-lazuli... le porte-cigarettes couleur de miel qui luisait dans la vitrine illuminée au coin d'une ruelle sordide et sombre : leur œil avide l'avait tout de suite happé, ce jour-là, quand ils revenaient harassés d'une visite épuisante à travers les églises, les musées, émergeaient, un peu désemparés, d'un univers austère, hautain et froid... Londres et les gants, les portefeuilles de cuir encore plus souples, plus résistants que ceux de Berlin... Dresde... les services à thé... Moscou et les châles de cachemire... la nappe de toile fine brodée au point de croix, inusable, depuis quinze ans elle n'a pas

« bougé »... Constantinople... les tapis... Madrid... les châles de soie... Fez et les babouches de cuir incrusté...

On peut les voir, eux-mêmes pareils le plus possible à des objets de prix, à des poupées toutes neuves, dans leurs vêtements bien repassés, avec leurs yeux de verre enchâssés dans leurs visages inanimés, on peut les voir, assis dans les halls des hôtels ou bien aux terrasses des salons de thé, fixant avec une intensité étrange les gens qui passent, émondant, taillant, comme avec un sécateur, de leur regard coupant, tout ce qui s'étale, informe, naïvement grotesque, insouciant, heureux d'exister, balourd et inconscient : ici des chevilles trop épaisses, là des seins trop lourds, ce chapeau — la pauvre femme s'est trompée, elle a mis sur sa tête un abat-jour, — et ce manteau — on a dû le couper dans un rideau — élaguant à petits coups rapides toutes les imperfections, les bavures, tout ce qui, par faiblesse, par mollesse, par une négligence impardonnable, par une intolérable désinvolture, s'écarte de la norme, transgresse les règles implacables, subtiles et sûres dont ils détiennent le secret.

De vieilles images pompeuses et éculées viennent malgré soi à l'esprit, le « pacte avec le diable » ou bien le fameux balai de « l'apprenti sorcier », quand on les voit, enfermés, calfeutrés dans leur écrin douillet, payer d'un tribut chaque jour plus lourd leur sécurité toujours menacée.

144

Sans cesse, leur œil maniaque furète avec une vigilance inquiète pour déceler dans la paroi protectrice, étanche et lisse — une faille, la plus infime fissure...

Comme des fourmis inlassablement occupées à consolider la fourmilière qui s'effrite de toutes parts, comme les femmes réparant à tout moment sur leur visage la couche fragile des fards, ils s'agitent, rebouchant, replâtrant... à chaque instant, la construction autour d'eux, tel un vernis, se craquelle, s'écaille... et par la fente minuscule, une menace indéfinissable, quelque chose d'implacable, d'intolérable, qui est là, derrière, toujours prêt à s'insinuer, s'infiltre sournoisement... Sous sa pression, l'écaillure, l'éraflure s'élargit démesurément, elle avance sur eux, remplit tout leur champ visuel comme dans les films ces gros plans qui envahissent tout l'écran. Vers ce gouffre toute l'angoisse en eux, soudain libérée, soulevée comme par un appel d'air, s'enfle et se tend...

Des hommes solitaires, des femmes que « la vie », comme elles disent, a déjà passablement malmenées, restées veuves, leurs enfants morts, l'un de scarlatine — « un amour, si vous saviez... pourquoi, disait-il, il faisait de ces réflexions, il était si mignon, pourquoi doit-on aimer les gens, puisqu'il faudra s'en séparer un jour... il avait des boucles blondes, il suffisait le matin d'enrouler la mèche autour d'un bâton, la boucle tenait toute la journée, c'était même du gâchis, je le disais toujours, de si beaux cheveux pour un garçon » — des femmes aux yeux délavés, aux corps usés, se lèvent dès le petit jour... il faut courir, regarder... le trou est là... la tache... elle avait pourtant été bien frottée... hier, aux lumières, même en regardant de très

145

près, on aurait pu croire qu'il n'y paraîtrait plus...
mais non, elle se voit à deux mètres, elle est là,
menaçante, hostile, à les narguer en plein milieu du
salon, entourée de son cerne rougeâtre... il est toujours
là, sur le rayon, on ne voit que lui, il « crève les yeux »,
il rompt l'apaisante unité de la rangée lisse et dorée des
œuvres complètes de Saint-Simon, là, à la place du
volume égaré — inquiétant, intolérable, un creux plein
d'ombre, un trou...

C'est là, dans le mur... une vraie inondation... le
mur est traversé... Il rajuste son lorgnon de ses doigts
impatients, il se penche, il s'agenouille, il se couche, la
joue contre le carreau, pour mieux voir... bien sûr, il le
voit très bien, là, juste au bas du mur, sous la
baignoire, à l'endroit où le plâtre humide s'écaille...
une tache suintante, verdâtre... une fente... Il sent
comme par là, tout à coup, quelque chose l'agrippe,
l'étreint brutalement, l'enserre comme un nœud cou-
lant, le tire...

Assis à sa place habituelle dans son bureau, derrière
les volets mi-clos qui l'abritent contre la lumière trop
crue des débuts d'après-midi d'été, il se sent peu à peu
recouvert comme par une nappe d'eau épaisse par le
calme oppressant, le silence.

Les mouvements de son esprit, tandis qu'il lit,
remuant sur sa chaise impatiemment, un de ses livres
favoris, tandis qu'il s'efforce, à travers cette torpeur,
d'enlacer, de presser fortement, comme il le fait avec
tant d'aisance dans ses bons moments, quelque chose
de résistant, de dur, les mouvements de son esprit

ressemblent aux gestes incertains et ralentis d'un scaphandrier cherchant à ramasser un objet au fond de l'eau. Il a beau s'obstiner dans ses efforts maladroits, il ne ramène à lui qu'une substance flasque, inerte, qui cède sous sa pression.

Même cette matière si solide qu'il trouve présentée sous sa forme la plus concentrée dans les manuels scolaires à l'usage des enfants de douze ans, ce hochet lisse et dur, si apaisant d'ordinaire à ses gencives agacées, maintenant, quand il s'efforce de la triturer, il lui semble qu'elle s'écrase, s'aplatit mollement — une enveloppe vide.

Il sent de plus en plus, alors que son esprit, tel un muscle, se tend sans rencontrer de résistance, une sorte de crampe douloureuse comme celle qu'on aurait dans les mâchoires si l'on s'efforçait de mastiquer pendant longtemps une nourriture liquide, ou encore cette exaspération qu'on éprouverait en s'apercevant qu'on soulève, au bout de son bras tendu et prêt pour l'effort, un poids creux, ou bien cet agacement qu'on ressent parfois quand on fait des mouvements de gymnastique suédoise, levant les bras en l'air, les abaissant, pliant les jambes, les dépliant, se baissant et se relevant sur la pointe des pieds...

Il lui semble que la force qu'il projette ainsi au-dehors, ne trouvant pas à s'absorber, revient vers lui, se ramasse en lui petit à petit comme l'eau dans les membres d'un hydropique. Il la sent vaguement quelque part en lui qui pèse, qui appuie, qui tire par élancements sourds.

C'est dans ces moments-là, je l'ai remarqué, que pour calmer cette irritation, ne trouvant rien au-dehors et réduit à se retourner sur lui-même et à extraire de lui quelque chose de tangible, de vivant, sa plus réelle et plus intime essence, il frotte fortement, d'un geste qui lui est particulier, la jointure de son pouce replié contre ses gencives, au ras de ses dents, puis la passe sous ses narines et flaire. Cela l'apaise et l'exaspère à la fois, sa propre odeur secrète, douceâtre, un peu écœurante.

C'est juste à ce moment que la bonne, avertie Dieu sait comment, vient à point nommé lui présenter cela, la fuite d'eau sous la baignoire, la fissure, la tache...

Le soulagement qu'il éprouve, malgré les airs dégoûtés qu'il prend, doit être assez analogue à celui que ressent un psychasténique prostré sur son lit depuis des années, en entendant l'alarme sonner dans la maison de santé... Elle l'a saisi au collet et tiré hors de cette torpeur débilitante dans laquelle il était en train de macérer — au-dehors, au grand jour, il se sent sur la terre ferme de nouveau, il est sauvé, tandis qu'il court : Où cela, dites-vous ? Où cela ? Dans la salle de bains ? Mais j'avais prévenu cent fois qu'il fallait bien fermer le robinet... Et le mur est percé ? le mur ?... Le voilà enfin, l'obstacle solide et sûr... sa pensée soulagée s'y accroche, l'enserre avec avidité... C'est là, juste accommodé à ses goûts — elle les connaît, on peut faire confiance à son flair de domestique dévouée — une tache suintante, verdâtre, un trou par où l'eau savonneuse s'écoule... le mur est percé... cela a dû suinter depuis longtemps sans que personne le signale... De toutes ses forces, maintenant, il étreint cela... Tstt... tstt... il écarte d'un geste impatient de la main la bonne qui, avec empressement, avec une sorte de fierté satisfaite de l'effet produit, explique : « C'est une fuite, probablement, dans la conduite d'eau qui

148

passe derrière le mur, il a fini par être percé... « Tstt...
tstt... il l'écarte, qu'elle se taise... ce n'est pas la
conduite d'eau, mais non, c'est là... » il s'agenouille, il
se couche, la joue contre le carreau... c'est là, dans le
tuyau, l'eau suinte, elle coule le long du mur... il est à
quatre pattes, son derrière qui pointe en l'air tend son
pantalon à le faire craquer — la bonne aurait envie de
sourire, mais elle sait que le moment n'est pas aux
plaisanteries, il s'agit bien de cela, c'est bon pour
d'autres, les attitudes élégantes et détachées, les raffinements — il s'aplatit, il étend le bras, cela coule très
fort, le mur est traversé, et de l'autre côté, sûrement, il
la repousse, il court, de l'autre côté aussi, évidemment,
l'eau suinte, le papier est devenu tout gris, il s'est
décollé et pend, et le rideau... le rideau... il le soulève,
le palpe de ses doigts impatients, maladroits, il rajuste
son lorgnon et regarde de tout près, sa lèvre se
retrousse avec cette expression qu'il a toujours dans de
pareils moments — une drôle de moue haineuse,
honteuse et dégoûtée — tandis qu'elle, à côté de lui,
hoche la tête, l'air placide et connaisseur : « Oh !
maintenant, c'est bien abîmé, et il n'y a rien à faire, je
crois, pour rattraper cela... du reps comme ça, c'est
bien difficile à ravoir. » Il la regarde d'un air hagard, il
répète comme une mécanique : « Difficile à ravoir ?
difficile à ravoir ? »

Il a été arraché à son monde malléable et douillet où
il se tenait calfeutré et il a été projeté brutalement dans
son monde à elle, dur, agressif, implacable, sur lequel
il n'a pas prise. Il se tourne vers elle, cherchant du
soutien : « Mais comment cela ? comment on ne peut
pas le ravoir ? » Il plonge, tête baissée, dans cet
univers hostile où il se sent étranger, menacé de toutes

parts : « Et les teintures ? Si on le donnait à retein-
dre... » il fait un grand effort : « Si l'on reteignait le
rideau entièrement ? » Elle hésite... « Peut-être... il
faudrait le montrer au teinturier... Mais alors... » elle
sourit d'un drôle de sourire un peu moqueur où pointe
en même temps comme une sorte d'appréhension
dégoûtée et secoue la main d'un geste gouailleur :
« Mais alors... le prix... ça... » Maintenant seulement,
la poche en lui, qui gonflait comme l'eau sous la peau
d'un hydropique, éclate de part en part... La douleur
qu'il éprouve est si grande qu'elle recouvre le sentiment de soulagement... « Bien sûr... Mais ce n'est pas
d'aujourd'hui... il se met à trépigner... ce n'est pas
aujourd'hui que cela a commencé. Ce n'est pas en une
demi-heure que cela a pu prendre de pareilles proportions... on ne lui avait pas dit, on lui avait caché... La
fissure, le trou dans le mur... le plombier l'avait déjà
expliqué la dernière fois... on est obligé, ici, de le faire
venir tous les deux jours... le trou ne s'est pas fait tout
seul... ce n'est pas dans la conduite d'eau... ce n'est pas
vrai... il crie, la bonne, effrayée, recule... ce n'est pas
vrai, vous le savez, c'est le robinet qui n'est jamais bien
fermé... toute la nuit, j'entends le tuyau de la douche
qui coule... je suis obligé de me lever au milieu de la
nuit pour le fermer derrière eux... leurs bains... leurs
ablutions... le genre anglais... les douches froides...
leurs théories absurdes sur l'hygiène... leur manie de la
propreté... cette habitude — mais je la leur ferai passer
— de tremper dans l'eau pendant des heures, étendus
là comme des souches...«

A mesure qu'il crie, la poche se vide. La douleur,
bien qu'assez forte encore, se mélange d'une sorte de
volupté, surtout s'ils sont à ce moment-là enfermés

dans leurs chambres, en train de lire, couchés sur leurs lits, dans une attitude où il sent quelque chose de particulièrement désinvolte et de provocant, en train de ressasser indéfiniment, pâmés d'admiration, les œuvres, écrites à l'usage des snobs et des ratés, de leurs poètes préférés. C'est alors que la jouissance monte, quand il peut les soulever de leurs lits, arracher le livre de leurs mains, le lancer à l'autre bout de la pièce et, les sortant encore tout éberlués hors de leur refuge, les traîner là, devant le trou, le rideau, les saisir par la nuque très fort, les plier en deux et leur fourrer le nez dedans. Longtemps, il se démène, puis, quand la poche est vidée et qu'il les lâche enfin — la détente vient.

Il se sent tout faible et endolori maintenant, comme au sortir de l'ivresse. Il a besoin de douceur, de soutien. Les cris, les trépignements n'ont fait que masquer pour lui un instant la tache, le rideau déteint. Ils sont, toujours là devant lui, sordides et tristes comme, à l'aube, les boulettes de papier et les serpentins souillés qui jonchent les banquettes et les parquets d'une salle où l'on a dansé toute la nuit.

Il se tourne vers la bonne, en quête de consolation, de sympathie. Il a un air attendrissant, un peu gêné, un air un peu contrit d'enfant. Il est seul, désemparé devant tout cela, elle le sait bien... « Alors... Elle pense vraiment qu'en le portant au teinturier ?... Le prix... il se renfrogne, se contracte dans un dernier sursaut... sa voix est faible, enrouée... le prix... mais il n'y a rien à faire... il faut essayer de limiter les dégâts... Et le papier ? Il a envie de se laisser dorloter comme un enfant... le papier ? Elle pense vraiment qu'on pourra assortir un rouleau ? Mais la couleur... il ne sait pas...

il n'y connaît rien... la couleur du papier du salon doit être passée... il faudrait bien regarder au jour... elle est sûre ? Elle croit que la couleur du papier n'est pas changée ? » Il se sent tout affaibli, vidé de sa force, il ne demande qu'à être rassuré : « Non ? vraiment ? cela ne se verra pas trop ? et elle croit qu'elle pourra trouver ? juste avec le même grain ? C'est que c'est justement au salon, en pleine lumière... » Mais non, elle arrangera cela, elle assortira cela, personne n'y verra rien, personne ne remarquera, surtout si le rideau n'est pas tiré, l'endroit exact où les papiers, l'ancien et le nouveau, se rejoindront... On bouchera le trou, on collera le papier... La menace sera écartée... il ne verra plus la faille, la fissure par où quelque chose d'implacable, d'intolérable, l'agrippait brutalement, le tirait, par où sa vie elle-même, lui semblait-il, s'écoulait...

Tout rentrera dans l'ordre, une fois de plus.

Soulagé, apaisé, il peut maintenant revenir à petits pas pressés, un peu gênés, dans son cabinet, reprendre sa place au centre de cet univers qu'il s'est tissé, le faire osciller au gré de son caprice avec une satisfaction, une vigueur retrouvées, le voir s'animer et se colorer de nouveau sous son regard, frais et chatoyant comme sont après la pluie ces toiles d'araignées étincelantes où tremblent et brillent au soleil, accrochées aux fils soyeux, des gouttelettes irisées.

« Ce serait pourtant naturel. Ce serait pourtant normal. » Elle avait envie de se tordre, de trépigner de rage, d'impatience : tout le monde le comprenait, tout le monde le lui disait. Même le médecin s'était étonné la dernière fois, quand elle était allée le consulter : « Ce serait pourtant naturel — il lui avait dit cela — ce serait pourtant normal. C'est curieux que votre père ne comprenne pas... Il faut absolument lui en parler. » Il tamponnait avec son buvard, d'un geste énergique et assuré, l'ordonnance qu'il venait de rédiger : « C'est vraiment un des rares cas où la médecine peut faire des miracles. Ce serait malheureux de ne pas en profiter. » Il avait ce ton sûr de soi, indifférent, inconscient de l'effet qu'il produisait, qu'ils ont toujours quand ils prononcent leurs oracles et qui donne à leurs paroles cet air irréfutable, si impressionnant.

Elle avait envie de taper des pieds comme un enfant gâté à qui on refuse d'acheter un jouet : son droit. C'était son droit. Tout le monde le lui disait. Même le médecin s'était étonné. Tout le monde le comprenait : il était son père. Il n'y avait pas à tortiller : elle était sa fille. Tous ses refus, ses rages n'y pourraient rien changer : il était son papa. C'était la norme, la loi devant laquelle elle le forcerait bien à s'incliner. Il aurait beau se détourner en rechignant, l'air dégoûté, elle saurait bien le contraindre...

C'est cette certitude, cette conscience qu'elle a d'appliquer les règlements, d'exécuter les commandements d'une puissance infaillible à laquelle ils doivent tous deux se plier, qui lui donne, quand elle apparaît dans la porte, les lèvres serrées, cet air inexorable, buté, borné, prêt à tout braver, tous les caprices, les scènes, de l'infirmière, quand elle se présente à l'heure fixée dans la chambre du malade « difficile », le cataplasme ou la seringue à la main...

Pourtant, je sais bien — il ne faut jamais l'oublier — rien n'est jamais aussi simple avec eux, je sais bien comment ils sont, toujours à double face, à triple, à multiple face, fuyants, pleins de replis secrets... Il y a autre chose encore qui la pousse tout à coup à se lever avec cet air d'illuminée guidée par des voix et à aller à lui, balayant tous les obstacles. Un appel venant de lui. Un obscur et bizarre attrait. Quelque chose, quand elle est assise, recroquevillée au pied de son lit, dans le calme, dans la torpeur propice des après-midi d'été, qu'elle sent remuer en elle, un serpent lové qui se met à se dérouler doucement et dresse la tête. C'est pour cela, je m'en suis toujours douté, je l'ai toujours su, c'est pour cela, parce qu'elle sent, lové en elle, ce besoin étrange, cet attrait, qu'elle va partout, demandant, il faut qu'on la conseille, qu'on la rassure, elle ne sait pas, est-ce naturel, normal à son âge, ah ! hffi ? vraiment ? qu'elle ait encore tellement besoin de lui, parce que c'est dur, n'est-ce pas, c'est dur pour une femme seule, et il est tout ce qui lui reste au monde,

maintenant depuis la mort de sa pauvre maman...
C'est pour cela qu'elle se tient devant eux avec son air
quêteur, les mains croisées sur son ventre, revêtue de
son déguisement, toute en deuil, avec ses gants de fil,
ses bas de coton noir... Les bonnes femmes aux visages
placides — celles-là mêmes que j'avais, moi aussi,
dans mes moments de détresse, tenté de solliciter, mais
en vain, de moi elles se méfient, je ne sais pas leur
inspirer confiance — les bonnes femmes, en la voyant,
s'apitoient, hochent la tête... « Bien sûr, la pauvre
petite. Et quand on pense qu'il n'a plus qu'elle au
monde. Vraiment, il y a des gens qui ne méritent pas
d'avoir des enfants. Ah ! allez, il ne l'emportera pas
avec lui... Elle a bien raison. Elle aurait tort de se
gêner. Elle est sa fille, n'est-ce pas ? Et il aura beau
faire, on ne peut pas aller contre ça... » Elles enrobent,
elles enveloppent soigneusement ce qu'elle leur tend si
adroitement, le besoin étrange, l'obscur et louche
attrait (mais elles ne le voient pas ainsi, bien sûr, ce
sont des choses que dans leur simplicité, dans leur
grande pureté, elles ne voient jamais, et elles agissent
sans se rendre compte de ce qu'elles font, poussées par
un instinct inconscient), elles le placent dans un
empaquetage solide — comme elles en ont toujours à
portée de la main — tout préparé, bien étiqueté, un
emballage à toute épreuve où il sera bien protégé, dans
lequel, tel un explosif enfermé dans son épaisse et
puissante armature, elle pourra le véhiculer en toute
sécurité jusqu'à lui qui est assis là-bas, en train
d'attendre — une cible immobile, offerte.

Lui, quand elle arrive, il sait qu'elle ne vient pas

seule. Elles sont toujours là, derrière elle, il le sait, les grandes dispensatrices, ses protectrices qu'elle est allée solliciter et qui ne lui refusent jamais leur soutien. Leur foule silencieuse et terne l'épaule, la pousse en avant. Quand elle apparaît dans l'encadrement de la porte, la figure rigide, ses yeux à fleur de tête fixés droit devant elle, leurs visages inexpressifs se pressent derrière elle, pareils aux visages lisses et cireux des saints qui entourent sur les tableaux des Primitifs les faces figées des Vierges.

Il y a longtemps qu'il les connaît. C'étaient elles, déjà autrefois, qu'il avait senties l'observant, la première fois, quand il s'était penché sur le berceau, un peu ému, gêné, appuyant son lorgnon sur son nez pour mieux voir, quand il avait entendu (la sensation était toute neuve encore, inattendue) son cri agressif, têtu — elles étaient là déjà autour du berceau, dodelinant la tête, l'air grave et satisfait, semblables aux marraines maléfiques des contes de fées.

C'étaient elles, le premier jour, qui la lui avaient apportée — un paquet enveloppé de linges — et la lui avaient posée sur les bras d'un air triomphant et un peu moqueur. Elles chatouillaient le paquet, elles faisaient courir sur lui leurs doigts épais et mous, comme détrempés, aux larges ongles en spatule, des doigts de nourrice, de sage-femme, aux mouvements adroits, prenants, et elles minaudaient en tendant en avant leurs lèvres d'un air gourmand : « Regardez-moi ça, si ce n'est pas beau, ça, Madame, si ce n'est pas gentil, si ce n'est pas fier déjà d'aller dans les bras de son papa... Oui, oui, bien sûr, c'est mon papa, ça, Madame, c'est mon papa, bien sûr... », elles serraient le paquet contre elles, elles le balançaient vers lui comme pour le taquiner, leurs lèvres froncées dans une moue voluptueuse et gloutonne : « Oui, oui, c'est mon papa... Il est tout fier, n'est-ce pas, tout content, mon papa, d'avoir une belle petite fille comme ça, une belle petite fille — elles avançaient leurs lèvres en savourant — bien sûr, oui Madame... » Déjà à ce moment-là, tandis qu'il tendait son bras maladroitement pour la recevoir — « Mais non, pas comme ça, oh ! que c'est donc maladroit, Madame, un papa, ça nous fait mal, n'est-ce pas, mon petit Jésus, mon trésor, ça ne sait pas nous prendre comme il faut... » — il sentait, tandis qu'il avançait son bras docilement, repliait son coude, son visage qui devenait malgré lui inerte et lourd, figé, il lui semblait que des fils invisibles, collés à lui, le tiraient, ou qu'un enduit gluant étendu sur lui durcissait et adhérait à lui comme un masque.

Il devait sentir déjà, pendant qu'elles bavardaient en minaudant et posaient contre lui en souriant le paquet qu'elles balançaient dans leurs bras, qu'il était, ce paquet entre leurs mains, un instrument, comme une sonde qu'elles cherchaient à introduire en lui doucement, qu'elles enfonçaient en lui délicatement à l'aide de leur voix vaselinée, un drain par où une partie de lui-même, sa substance allait s'écouler.

Ou peut-être lui semblait-il plutôt, quand il la sentait tout contre lui, tiède et molle et déjà avide — une petite bête insatiable et obstinée — qu'elle était comme une sangsue appliquée sur lui pour le vider, l'affaiblir.

Jamais elle n'avait consenti à abandonner la place où ses fées protectrices l'avaient déposée, blottie contre son flanc, s'engraissant de sa substance, buvant son sang.

Bien au contraire, elle avait appris petit à petit à mieux connaître en lui les endroits douillets, les points sensibles. C'était là, de préférence, qu'elle se blottissait, c'était là qu'elle faisait se concentrer et sourdre au-dehors ce qui sans elle, il le savait, serait resté en lui épars, dilué ; mais elle adhérait à lui comme une compresse chaude, humide, qui fait affleurer à la peau le pus, mûrir l'abcès.

Quand elle n'était encore qu'une enfant, le diman-che après-midi, sur l'injonction muette mais inexora-ble des fées, il « la sortait ». Tout le quartier, d'ail-leurs, semblait exercer sur lui la même contrainte lourde et muette pour le forcer à déambuler avec elle lentement, en la tenant par la main, parmi la foule endimanchée, le long de cette avenue morne, bordée de façades flétries, au bout de laquelle le parc aux pelouses trop éclatantes s'étend comme un vernis rutilant au bout de doigts malpropres, à la peau grise.

Ils avançaient lentement, comme entravés dans leurs mouvements par l'air tiède et un peu moite. Ils se taisaient. A l'entrée du parc, une femme vendait des jouets, des moulinets en celluloïd, des ballons, de petites poupées. Il savait, sans même avoir besoin de jeter un regard de son côté, que les yeux de l'enfant, ces yeux inexpressifs, déjà un peu exorbités comme des yeux d'insecte, se tournaient vers ces jouets, mais à peine — elle ne voulait pas, il le savait, laisser voir qu'elle les regardait. Il lui semblait qu'une petite bête avide et apeurée, tapie en elle, l'observait sournoise-ment. Il sentait, sortant d'elle, comme de faibles et mous tentacules qui s'accrochaient à lui timidement, le palpaient. Et tout de suite il se raidissait sous ce contact répugnant et passait, regardant droit devant lui, sans avoir l'air d'entendre la marchande innocente et placide qui essayait de l'amadouer : « Allons, Monsieur, faites donc plaisir à votre fille... Elle voudrait bien, pas ma poule ? faire tourner un beau moulinet... »

Mais il ne se laissait pas faire. Pour rien au monde il n'aurait pu céder. Et il sentait, tandis qu'il l'entraînait plus loin, pressant très fort dans ses doigts la petite main, arrachant de lui, écrasant les doux tentacules mous qui s'accrochaient à lui timidement, une sorte de jouissance douloureuse, une drôle de satisfaction au goût âcre et légèrement écœurant.

Quand elle entre, il ne tourne même pas la tête de son côté. Penché sur son bureau, l'air absorbé, il fait semblant de chercher dans ses papiers. Il a son expression maussade, son visage fermé et lourd. Il répond par des sortes de grognements sourds aux questions d'usage : « Eh bien ! comment te sens-tu ? Tu n'es plus grippé ? Et tes douleurs ? Tu sors déjà ? » posées sur un ton qu'elle s'efforce de rendre naturel, mais qui croit-elle tromper ? déjà sa voix sonne faux... Il éprouve une espèce de joie haineuse à la sentir qui hésite, un peu décontenancée, tâtonne, tandis qu'il ne bouge pas... il ne manquerait plus que cela, qu'il l'aide, lui tende la perche. Mais il sait qu'il aura beau se tenir sur ses gardes, ne pas se découvrir, il ne parviendra pas à l'arrêter, ni même à la retarder beaucoup. Elle ne s'attarde jamais longtemps aux préliminaires de pure forme, aux premières passes. Elle l'observe avec précaution, guettant le moment propice.

Et tandis qu'elle hésite et cherche, il sent monter en lui et se mêler à son appréhension, à son désir de la retenir, une sorte d'attente impatiente, la même angoisse, la même impatience qui enfle en elle, il le sent, et il est presque soulagé quand, n'y tenant plus, elle se décide : « Voilà, papa, je voulais te parler... Tu sais, je t'avais dit que j'étais allée voir le médecin... » elle a son ton doucereux, faussement conciliant... Il se redresse brusquement, se cabre, sa voix à lui aussi sonne faux : « Le médecin ? Quel médecin ? Pourquoi faire le médecin ? » — « Tu sais, je t'en avais parlé, c'est depuis que je suis tombée... Ma jambe ne se remet pas... Le médecin s'est même demandé si ce n'était pas tuberculeux. Il a dit qu'il fallait des soins, des massages orthopédiques et des rayons... J'aurais même dû le faire depuis longtemps... tout le monde s'étonne... Renée... » Elle a déjà sa tête branlante, son visage plat, ses yeux rougissent, elle va pleurer... « Le médecin avait l'air soucieux, il n'avait pas l'air rassuré en regardant la radio... » Autour d'elle, les bonnes femmes apitoyées hochent la tête... « Si ce n'est pas malheureux de voir ça... et le regardent avec reproche... et dire qu'il n'a qu'elle au monde... ah ! il ne l'emportera pas avec lui, allez !... »

Mais il ne se laissera pas faire. Pas lui. Elles ne le feront pas marcher. Elles se casseront les griffes... Il a, lui aussi, sa carapace solide, son armure où il est protégé, inexpugnable... il se tourne vers elle, les mains enfoncées dans ses poches, bien d'aplomb sur ses pieds écartés — un gros bonhomme solide et décidé qui ne s'en laisse pas accroire : « Ah! c'est le médecin de Renée? L'homéopathe? Le rebouteux? Combien te demande-t-il pour son traitement? Ah! ce n'est pas lui qui le fait? La massagiste, c'est lui qui te l'a indiquée? Et le radiographe? Je sais, je les connais... Je connais leurs combines pour rouler les bonnes poires... les bonnes gens qui passent leur temps à se palper : « Ai-je ci? Ai-je ça? » Vos manies... A ton âge, j'avais autre chose à faire qu'à courir chez les massagistes. Les parents, c'était nous qui les aidions, à ton âge, oui, parfaitement... J'économisais sur mes trajets en omnibus — toujours sur l'impériale par tous les temps — pour envoyer un peu d'argent à ma mère... Ah! non, nous n'étions pas comme vous, nous ne passions pas notre temps à nous tâter... il m'est arrivé de déjeuner d'un sac de marrons... » Il s'en souvient comme si c'était hier... Jérôme, ce vieux copain, était là avec lui à fouiller dans le sac avec ses grosses mains bleues... Non, nous n'étions pas comme eux. Nous ne comptions pas sur nos parents...

Il n'est pas seul, lui non plus, il a, comme elle, sa cohorte protectrice, sa vieille garde qu'il fait donner dans les moments difficiles, ses vieux amis, toujours prêts à l'épauler... Maintenant, tandis qu'il lutte pied à pied, il les sent derrière lui — un appui solide... Le samedi, quand il va le rejoindre au restaurant, ce vieux Jérôme, — un bon restaurant cossu, car il a fait du chemin, lui aussi, le bougre, depuis les trajets sur l'impériale, c'est devenu un Monsieur, comme on dit, — quand il va déjeuner avec lui et quelques vieux amis d'autrefois, tout de suite, dès qu'il émerge du tambour de la porte d'entrée dans la chaleur accueillante et l'aperçoit, assis à sa place habituelle, qui agite pour le

161

saluer son journal replié, la métamorphose s'opère, soulageante et un peu douloureuse comme doit l'être la mue des insectes. On dirait qu'un coup d'aspirateur a passé en lui, happant tout ce qui flottait en lui, palpitait au moindre souffle, les angoisses diffuses, les impulsions douteuses, bizarres. Sous leur regard placide, ce regard si assuré, toujours un peu indifférent, il lui semble qu'il se remplit tout entier d'une matière consistante qui le rend compact et lourd, bien stable, « un Monsieur », lui aussi, protégé, respectable, enfoncé fortement, fiché comme un coin dans l'univers solidement construit qu'ils habitent. Comme tout ce qui les entoure, la salle aux larges banquettes confortables, aux lumières discrètement tamisées, comme le menu, les garçons bien stylés, aux gestes adroits et déférents, il prend sous leur regard des contours simples, précis, un air rassurant de déjà vu (pour ceux qui déjeunent aux tables voisines, un seul coup d'œil suffit pour le cataloguer, tant il est, de la tête aux pieds, dans toute son allure, ses gestes — un type, un personnage, mais d'où, déjà, de quel roman ? Ils ne savent pas très bien, mais d'un coup d'œil ils le reconnaissent : un bon modèle de série coupé sur un vieux patron). Comme les fils invisibles qui actionnent les marionnettes, le courant qui sort de leur regard dirige tous ses mouvements, ces gestes posés, replets qu'il se sent tandis qu'il déplie sa serviette et scrute le menu, l'air préoccupé et connaisseur... Le maître d'hôtel, respectueusement incliné au-dessus de lui (il connaît depuis des années ses larges pourboires, sa bonhomie... pas fier pour un sou, ah ! non), scrute la carte avec lui : « Le cassoulet est très bon aujourd'hui... la spécialité de la maison... » — « Mais vous

voulez ma mort ? Et l'arthritisme, vous ne savez pas ce
que c'est, vous, l'arthritisme, pas encore, hein ? » Le
maître d'hôtel sourit et le regarde dans les yeux, des
yeux gris, perçants, des yeux que le maître d'hôtel
aime bien, pour avoir surpris en eux, tandis qu'il le
voyait plaisanter avec l'un des garçons ou tapoter la
joue de la petite fille de la caissière ou échanger
quelques mots avec la dame du vestiaire quand elle lui
tendait son pardessus, un reflet ému, caressant et
attendri. — « Pour commencer, pas de pain. Des
biscottes : mon nouveau régime. » Ils rient, les vieux
copains : « Ah ! vieux coureur, vieux beau ! on soigne
encore sa ligne... » Comme l'eau révélée par la
baguette du sourcier, son bon gros rire, gêné et flatté,
jaillit : ho-ho-ho... Moi seul, si j'étais assis à la table à
côté, j'aurais peut-être surpris — tant j'ai l'esprit mal
tourné — dans les derniers tremblements de ce rire qui
disparaît, enfoui dans ses joues baissées, comme un
vague reflet de ce sourire qu'il a parfois, secret, tourné
vers lui-même, ce sourire pour lui tout seul, que je
connais ; mais personne autour de lui ne peut l'apercevoir, cette lueur qui passe, rapide, et va se perdre en
lui, s'enfouir au fond d'un trou comme une souris.

C'est délicieux, une fois le menu commandé avec le
plus grand soin — « le bourgogne bien chambré, hein ?
pas comme la dernière fois surtout, pas comme la
dernière fois ! » — de passer aux choses sérieuses : la
banque, les valeurs suisses, les derniers tuyaux de la
Bourse... Il est avisé, le bonhomme, bien informé, rien
ne lui échappe, toujours prudent, rusé, trop prudent
même, trop méfiant parfois... « Un peu d'enthou-
siasme, voyons, mon cher, un peu de foi, de jeunesse,
que diable ! » Ils lui tapent sur l'épaule, ils rient

affectueusement ; mais il connaît les risques, les diffi-
cultés, il ne s'en laisse jamais accroire : « Avec les
phosphates, ai-je bien fait d'attendre ? de ne pas
acheter ? Dites-moi ce que ça vaut maintenant ? C'est
que je ne peux pas, je ne suis pas seul. J'ai des
charges. » Mais ils approuvent, comprennent. Ils ont
appris, eux aussi, depuis longtemps, comme lui, à
respecter les dures nécessités, les réalités, ah ! non, ce
ne seraient pas eux qui le pousseraient à faire des
excentricités, des folies : « Bien sûr, c'est évident... Les
enfants, c'est pour eux qu'on a trimé et qu'on se prive,
qu'on met de côté... Pourtant votre fille, je croyais...
moi la mienne, depuis qu'elle est mariée, je suis
tranquille. Mon gendre est un brave garçon. Un
bûcheur. « Donnez-moi cinq ans seulement, et vous
verrez... », il m'a dit cela quand je lui ai demandé :
« Tout ça, c'est très joli, mais votre avenir, mon
petit ? »... Le gars a tenu parole. Je n'ai plus besoin de
les aider maintenant... quelques gâteries de temps en
temps... Mais vous, vous êtes trop bon, trop indulgent,
trop faible, c'est le mot. Ils ne vous en seront jamais
reconnaissants, croyez-moi. Il faut les tenir serrés pour
qu'ils apprécient un peu. Moi, tenez, mon père, quand
j'ai eu quatorze ans, m'a dit : « Maintenant, mon
garçon, suffit. Assez joué. Tes études sont terminées.
C'est la vie qui commence. » Et elle a commencé, et
elle n'a pas toujours été commode, la vie, mais enfin,
on s'en est tiré, hein, mon vieux, on s'en est tout de
même tiré... ah ! il a bien fallu trimer, par exemple,
depuis l'époque de l'impériale sur la ligne Montrouge-
Gare de l'Est... Mais tout de même, on ne s'en est pas
mal tiré... »

— « Ah ! mais non, nous n'étions pas comme vous,

nous ne comptions pas sur nos parents pour nous porter à bras tendus... Papa, j'ai besoin de ci, de ça... Quand nous avions ton âge, et même bien avant, c'étaient nos parents qui s'appuyaient sur nous, oui, parfaitement... » Mais il est trop bon, trop faible... Non, il ne permettra pas qu'on vienne lui en remontrer, ce serait tout de même un peu fort, lui faire la leçon... Non, pas à lui. Bien planté sur ses pieds écartés, les mains enfoncées dans ses poches, il se raidit, se fait lourd, opaque : le bonhomme aux contours nets que ses amis ont découpé d'une main sûre dans cette matière solide qui les entoure. Un homme comme eux, avisé, rassis. Il y a bien ce masque qu'il sent plaqué sur son visage, et cette voix bizarre, un peu voilée, qu'il a toujours quand il parle avec elle, mais ce n'est rien, il tient bon : « De quoi te plains-tu, d'ailleurs ? Qu'est-ce que c'est que toutes ces histoires ? Il devrait te rester suffisamment sur ce que tu reçois. Combien y a-t-il de gens à qui leurs parents font à l'heure actuelle des rentes comme celles que je te sers ? Combien y en a-t-il, hein, à ton âge ? Tu en connais beaucoup ? »

Mais elles sont d'attaque, aussi, elle et les fées, elles ne se laissent pas faire non plus, elles ne l'entendent pas ainsi, « non, mais vraiment, il n'y pense pas... où vit-il ? est-ce qu'il vit sur la lune, votre papa ? » Elle hoche la tête d'un air accablé — « si ce n'est pas malheureux de voir ça » — elle est forte, elle aussi, bien découpée : une pauvre femme aux prises avec les dures nécessités... « Comment peux-tu dire ça ? Mais tu ne te rends donc pas compte à quel point la vie a augmenté... Tout le monde le sait, voyons, tout le monde s'en plaint, les choses sont hors de prix... le moindre objet... »

« Tstt... tstt... il secoue la tête, impatienté, ses mains, au fond de ses poches, font sonner ses clés... tstt... tstt... il connaît cela... Ne viens pas me raconter d'histoires, je ne sais pas qui est « tout le monde », qui te raconte ces histoires-là, mais je connais un peu les cours. Tout ça ce sont des bobards. Et puis, est-ce qu'ils augmentent, moi, mes revenus ? Quand le coût de la vie s'élève, je me restreins un peu plus, voilà tout, comme j'ai toujours fait... Je ne compte sur personne, moi, je n'ai jamais eu personne sur qui compter... »

Ils s'arc-boutent front contre front, lourds, maladroits, engoncés dans leurs carapaces rigides, leurs épaisses armures — deux insectes géants, deux énormes bousiers... « Je te demande le moins possible, tu le sais, ce n'est pas un plaisir de te demander quoi que ce soit... Je demande le moins possible, mais il y a quand même des moments... C'est pourtant bien naturel... Tout le monde trouve ça normal qu'on s'adresse à son père quand il y a un coup dur comme ça... un accident... les gens s'étonnent, je t'assure, tout le monde le comprend, il n'y a que toi... » — « Ah ! oui. C'est ça. Ne te fatigue pas. Je connais. Je connais l'antienne. Je sais. Je suis ton père. Tu es ma fille... Tu n'as que moi au monde... Tes droits. » Il sent la rage qui monte, une envie de la saisir, de la secouer, de lui arracher son masque à elle aussi, cette face inepte et plate qu'elle prend, de briser cette carapace où elle se croit à l'abri, d'où elle ose le narguer, de la tirer dehors, toute pantelante et nue... « Mais de quoi s'agit-il donc, au fond ? De quoi est-il question ? A quoi tendent toutes ces jérémiades ? J'aime les précisions.

De quoi s'agit-il? Combien te demande-t-il, ton charlatan? » Avec le flair aigu du chien qui gratte et fouille la terre pour faire sortir au-dehors la bête blottie au fond de son terrier, il sent à son hésitation, à cette légère oscillation en elle, que c'est là... Il a touché où il fallait... Il respire plus difficilement, son cœur bat plus fort, d'excitation, d'impatience, et aussi d'appréhension devant ce qui va surgir, tandis qu'il insiste, s'acharne : « Combien? Combien? Réponds. Mais réponds donc... »

La trappe se soulève, ils ont soulevé la trappe, le sol s'ouvre sous leurs pieds, ils oscillent au bord du trou, ils vont tomber... Elle sent comme elle se détache avec une sorte d'arrachement mou : « Six mille francs... Il m'a dit que ça coûterait environ six mille francs. » Il avance un peu la tête, il plisse les yeux, il articule fortement, comme stupéfait, en scandant chaque syllabe : « Six-mil-le-francs? Six-mil-le-francs?.. » Ils glissent, accrochés l'un à l'autre, ils tombent... Elle l'entend rire : « Six mille francs! Pour des massages! Rien que ça! »

Comme Alice au Pays des Merveilles, quand elle a bu le contenu du flacon enchanté, sent qu'elle change de forme, rapetisse, s'allonge, il leur semble que leurs contours se défont, s'étirent dans tous les sens, les carapaces, les armures craquent de toutes parts, ils sont nus, sans protection, ils glissent, enlacés l'un à l'autre, ils descendent comme au fond d'un puits... les fées, les vieux copains sont loin derrière eux déjà, ils sont restés là-bas, à la surface, à la lumière... ici où ils descendent maintenant, comme dans un paysage sous-marin, toutes les choses ont l'air de vaciller, elles oscillent, irréelles et précises comme des objets de

cauchemar, elles se boursouflent, prennent des proportions étranges... six mille francs... une grosse masse
molle qui appuie sur elle, l'écrase... elle essaie maladroitement de se dégager un peu, elle entend sa propre
voix, une drôle de voix trop neutre... « Je crois que
c'est un prix global. Les cours de gymnastique, les
rayons ultra-violets, tout est compris. C'est tout à fait
un prix d'ami. Renée, l'année dernière, après sa chute
de ski à Megève »... ces mots ici résonnent drôlement,
des mots de là-bas, de gens qui vivent quelque part
très loin, comme sur une autre planète, dans un
univers à d'autres dimensions, des mots de gens qui
marchent au soleil, flânent aux devantures des maga-
sins, achètent le journal, jettent distraitement une
pièce sur la pile de journaux et s'éloignent en siffflo-
tant... elle ne comprend pas par quel oubli stupide, par
quelle aberration, elle a pu se laisser aller à croire un
seul instant qu'elle était comme eux, de leur bord... Si
elles s'approchaient d'elle maintenant, les fées, Renée,
elle ferait semblant de ne pas les reconnaître, elle
détournerait la tête honteusement... Et lui, s'ils s'avi-
saient, les vieux copains — mais ils sont loin — s'ils
pouvaient venir le tirer par le pan de son veston pour
essayer de le ramener à eux : « Mais ce n'est pas
grave, voyons, il n'y a vraiment pas de quoi vous
mettre dans cet état, c'est peu de chose après tout, pas
de quoi fouetter un chat, ce n'est pas sérieux, mon
cher... », il les repousserait impatiemment, qu'ils le
laissent tranquille, il n'a que faire ici de leur bon sens
balourd, il rejetterait avec rage, il piétinerait cette
panoplie de carton aux contours grossiers dont ils
cherchent à l'affubler, ce n'est pas le moment, il a
besoin de toute sa liberté de mouvements, la mesure

est comble cette fois, l'audace a passé les bornes, c'est
à peine s'il peut y croire... six mille francs... pour des
massages... rien que ça ? vraiment ? il rit... un crime,
s'il n'y met bon ordre sur-le-champ, un crime va être
commis, le plus grave de tous, le seul crime impardonnable ici, dans ce monde où ils sont descendus tous
deux, ce monde à eux où ils sont enfermés maintenant...

C'était pour lui apprendre à éviter toute tentation de
le commettre jamais qu'il l'avait habituée, dès son plus
jeune âge, à n'avancer qu'à petits pas prudents et
compassés, les yeux baissés à terre, serrée contre lui
peureusement... C'était pour cela, pour bien la dresser,
qu'il était passé — pour cela aussi, j'en suis sûr, je ne
m'en étais pas rendu compte sur le moment, on ne
peut être partout à la fois, chacune de leurs paroles, le
plus insignifiant en apparence de leurs mouvements,
est comme un carrefour où s'entrecroisent des chemins
innombrables menant dans toutes les directions et je
me retrouve ici tout à coup sans trop savoir comment,
après un long détour — c'était pour cela, pour lui
apprendre à marcher droit, comme il dit, qu'il était
passé sans tourner la tête devant les jouets, les poupées
en celluloïd, les moulinets ; pour cela, pour écraser
dans l'œuf cette velléité dangereuse qu'il avait sentie
en elle déjà, qu'il l'avait entraînée plus loin, le regard
fixé devant lui, serrant très fort, écrasant entre ses
doigts sa petite main...

C'était pour cela qu'il avait marché, elle trottinant à
son côté, dans des avenues sans fin, des larges avenues

poussiéreuses de villes du Midi, bordées de platanes gris, s'arrêtant pour souffler, posant par terre de lourdes valises, s'épongeant le front, sans avoir l'air de remarquer les voitures de louage qui passaient devant eux lentement... Ils avançaient péniblement sous l'œil goguenard du cocher... « Eh bien, le bourgeois, on monte ? » Mais ils ne montaient pas ; ils détournaient les yeux pudiquement des passants qui, arrêtés au bord du trottoir, faisaient signe au cocher, et ils sentaient, tandis qu'ils continuaient à avancer, comme une claque dans leur dos, le bruit sec et moqueur que faisait derrière eux la portière du fiacre en se refermant.

Il avait réussi ainsi à développer en elle petit à petit — mais peut-être l'avait-elle déjà à sa naissance, peut-être le tenait-elle déjà de lui — une sorte de sens spécial, pareil au sien, qui lui permettait de percevoir immédiatement, dissimulée partout, cette menace connue d'eux seuls, ce danger niché dans chaque objet en apparence inoffensif, comme une guêpe au coeur d'un fruit.

De même que le chien à qui son maître a appris à le suivre sur les talons en le tirant par sa laisse impitoya-blement chaque fois qu'il s'attarde, qu'il cherche à s'écarter, attiré par quelque odeur, doit sentir, quand il n'est plus attaché, dès qu'il s'éloigne un peu, autour de son cou, le rappelant à l'ordre brusquement, l'ancienne morsure du collier, elle sentait maintenant, même quand elle était loin de lui, dès qu'elle se laissait aller un peu, dès qu'elle tendait la main timidement, effleurait de ses doigts le papier épais, trop lisse, d'une revue exposée à l'étalage d'une librairie ou bien levait un pied imprudemment vers le marchepied de l'autobus, tandis que le contrôleur, le bras en l'air, prêt à tirer sur la sonnette, lui disait, d'un ton où il lui semblait entendre, adressé à elle seule, comme un avertissement, un défi : « Rien que des places en première à présent... », elle sentait comme autrefois, la tirant en arrière, le coup de laisse brutal et l'étau mordant sa chair.

C'était par un exercice, un entraînement constant, en tirant sur la laisse à chaque instant sans jamais relâcher sa vigilance, qu'il avait réussi à la dresser ainsi. Par l'exercice seulement, par la pratique. Le crime lui-même, qu'il lui avait appris à redouter par-dessus tout, il ne l'avait jamais désigné ouvertement. Jamais il n'avait osé prononcer son nom. Ils sentaient tous deux que ce serait le commettre déjà que de prononcer ce nom même en pensée... Si quelqu'un, plein d'audace cynique ou d'inconscience, s'était per-mis de le nommer devant eux, ils auraient baissé les yeux, effrayés, honteux, ils se seraient bouché les oreilles. Moi-même, c'est à peine si j'ose, ici où je suis maintenant avec eux, le prononcer tout bas... La Désinvolture... c'est ainsi, je pense, qu'il doit s'appe-ler... la Désinvolture... ce crime qu'ils n'ont jamais osé nommer... Il étend sur ce monde où ils vivent enfermés son ombre immense ; il le recouvre comme un filet gigantesque, un rets aux mailles invisibles, finement tressées — dès qu'elle essaie timidement de faire le plus léger mouvement, dès qu'elle frétille un peu, cherche à se dégager, elle sent, l'enveloppant de toutes parts, ses mailles serrées — ou plutôt, il serait plus juste de le comparer, ce crime qu'il agite sans cesse devant elle sans le nommer, au liquide noir que la pieuvre répand autour d'elle pour aveugler sa proie...

« La Corse ? Ah ! oui ? l'Italie ? Mais pourquoi pas la Chine ? Pourquoi pas le tour du monde, hein ? pourquoi pas ? Ah ! les courses en montagne ? La nouvelle lubie ? La Meije, le mont Blanc ? Et l'équipement ? Ça viendra après, hein ? On y pensera après, on en parlera plus tard, tu ne t'embarrasses pas pour si peu, n'est-ce pas ? Mais je sais ce qu'il faudra... Je sais ce que ça coûtera, l'équipement, les frais d'hôtel et le reste... Mais toi, tu n'y penses pas, bien sûr, cela ne te préoccupe pas... La poule aux œufs d'or, voilà ce que je suis pour toi, ça te tombe du ciel tout cuit, tu peux te permettre n'importe quoi... Six mille francs... rien que ça... pour des soins esthétiques... ah ! on voit que tu n'as jamais rien fait de tes dix doigts... Six mille francs... il crie... est-ce que tu sais ce qu'il te faudrait trimer pour les gagner ? c'est le traitement d'un fonctionnaire, d'un magistrat, moi-même, ce qu'il m'a fallu trimer, ce qu'il m'a fallu me priver, mais peu t'en chaut, n'est-ce pas, tu me ferais crever sur la paille s'il ne tenait qu'à toi, dans la misère, sur la paille... »

— « Crever sur la paille !... elle rit de son rire à lui, un rire glacé et faux... Je te ferais crever sur la paille ! C'est toi qui me dis ça... Quand je suis en train de crever, moi, pour de bon, non, ce ne sont pas des mots, le médecin avait l'air inquiet... j'ai déjà trop attendu... Je suis sûre qu'il a pensé à une tuberculose des os, j'ai une mine à faire peur, tout le monde s'en aperçoit, je maigris à vue d'œil... Mais peu t'en chaut, à toi, c'est bien le cas de le dire, je peux aller à l'hôpital, après tout, n'est-ce pas, me faire soigner à l'hôpital, c'est assez bon pour moi... c'est là que j'irai à la fin... je savais bien que c'est là que je finirais par aller un jour si je tombais malade, c'est à l'hôpital que vont les gens comme moi, qui n'ont rien à eux, qui n'ont personne sur qui compter. A l'hôpital, c'est là que j'irai, c'est là que je pourrai aller crever... »

Sa propre image grotesque. Sa caricature — cette face plate tendue en avant, ces yeux déjà rougis, prêts à se mouiller, cette bouche tordue dans une moue haineuse, honteuse, sa moue à lui — sa propre image ridiculement outrée, distendue, comme renvoyée par un miroir déformant... Non, il n'y a pas de danger. Pas avec elle. Jamais. A quoi avait-il donc pensé ? Et moi, qu'ai-je donc été chercher ? De quoi ai-je été parler ? De quelle désinvolture ? Non, il n'a vraiment rien à craindre de ce côté. Jamais elle n'a osé, même dans ses plus secrètes pensées, s'arrachant de lui tout à coup, s'évader au-dehors, déchirer les mailles du filet. Collée à lui peureusement, blottie contre son flanc, sa menotte docile reposant dans sa grosse main refermée, jamais elle n'a songé un seul instant à s'écarter de lui, mais toujours tournée vers lui, rivée à lui, attentive à chacun de ses mouvements, à chaque expression de son visage, elle suivait des yeux, comme fascinée, la direction de son regard. Et elle voyait alors, émergeant tout à coup devant eux, comme ces rochers que les passagers d'un navire en détresse voient surgir par instants du brouillard, des formes hideuses, menaçantes. Si elle avait laissé glisser sur ces fantômes effrayants un regard détaché et innocent, si elle avait détourné la tête avec insouciance, peut-être se seraient-ils évanouis... Elle les aurait chassés comme le soleil matinal chasse les obsessions de la nuit. Mais elle les regardait fixement, elle ne pouvait en détacher ses

yeux tendus, comme prêts à craquer, elle les reconnaissait immédiatement : la Maladie, la Misère, la Ruine,
la Déchéance... Des masses énormes, écrasantes...
Elles se dressaient partout autour d'eux... Elles fer-
maient toutes les issues, pareilles à ces statues géantes,
portant des masques affreux, faisant entendre de
lugubres gémissements, qui interdisaient l'accès du
pays étrange d'Erewhon et faisaient rebrousser chemin
aux voyageurs épouvantés.

La parasite. La sangsue. Collée à lui, sans s'arracher
de lui un seul instant, elle n'a cessé d'aspirer avec
avidité tout ce qui sortait de lui. Elle ne laisse jamais
rien perdre, elle ne dédaigne aucun déchet. C'est elle,
il le sait, qui a toujours fait affleurer tout ce qu'il aurait
voulu contenir, sa peur, cette peur honteuse qu'il
aurait voulu cacher, mais elle l'a sentie qui battait en
lui sourdement et elle l'a fait jaillir au-dehors — un
sang âcre et lourd dont elle s'est nourrie.

Elle est tout contre lui maintenant, lourde et molle,
toute gonflée de sa peur. Son produit immonde.
Répugnant... Il serre les poings, il crie, mais les paroles
qui montent et éclatent au-dehors semblent avoir aussi
peu de rapport avec les sentiments confus qui bouillon-
nent au fond de lui, que ne paraissent en avoir les feux
follets dansant à la surface opaque de l'eau stagnante
avec le processus invisible et compliqué de décomposi-
tion des plantes qui gisent sous la vase au fond de
l'étang : « Ah ! non, pas ça... Je ne veux pas qu'on se
moque de moi, tu entends, je n'aime pas qu'on me
prenne pour plus bête que je ne suis... Va raconter ça à
tes petites amies... Ne viens pas me dire ça à moi, je te
connais trop bien... Il y a quelque chose que je sais et
qu'elles ignorent sûrement, tes petites amies, tu ne

pousses pas assez loin tes confidences... Il y a quelque
chose qu'elles ignorent, mais moi, je sais, je te
connais... Tu n'en as pas besoin de cet argent. Non, ce
n'est pas vrai, tu n'en as aucun besoin... Tu as
ramassé, en me soutirant sou après sou, un petit magot
assez coquet, hein ? tu ne leur dis pas ça ? Seulement,
voilà, tu y tiens plus qu'à ta peau, à ton magot... Pour
rien au monde tu n'y toucherais. C'est avec mon
argent à moi qu'on peut se permettre tout ça, les
massages, les soins de beauté — parfaitement, je sais
ce que je dis — mais tes économies à toi, hein, c'est
sacré, on n'y touche pas... » Elle se redresse, elle
projette en avant sa face rigide, elle a sa voix étranglée,
à la fois mordante et mièvre, son accent légèrement
grasseyant : « Non, laisse-moi rire... C'est toi... c'est
toi à présent qui me reproches de mettre de l'argent de
côté... Ça aurait mieux valu pour moi... Je ne serais
pas si embêtée en ce moment, quand il m'arrive un
coup dur... Mais rassure-toi, je n'ai rien. Pas un sou. Je
me demande comment j'aurais fait, je n'arrive jamais à
la fin du mois. Je me prive de tout. J'ai dû décomman-
der le charbon cette année, quand j'ai vu le prix. Je ne
m'habille pas, je ne sors jamais. C'est tout juste si je
mange à ma faim... »

Bien sûr, à qui le dis-tu, il la connaît, se privant,
rognant sur tout, le nez dans la crasse, fouillant,
flairant partout, toujours à l'affût de quelques sous à
gratter... Jamais un moment de distraction, elle ne se
le permettrait pas... Jamais un geste de dégoût, rien ne
la rebutait, elle oubliait toute pudeur, elle était prête à
tout braver... Il en avait eu honte parfois, elle lui avait
fait honte devant les gens, autrefois déjà, quand elle
était encore jeune : ces regards autour d'eux, les

175

regards des domestiques dans les hôtels, lorsqu'il avait
eu le malheur de la charger de distribuer des pourboires, leur mince et long sourire et la fixité de leur regard
qu'il sentait dans son dos, mais elle avait la peau dure,
elle s'en moquait, rien ne comptait pour elle dès qu'il
s'agissait de gratter encore quelques sous... Et cette
promiscuité, cette complicité répugnante qu'elle faisait
naître entre eux, qu'elle lui imposait — c'était exprès,
il le savait, pour l'avilir sournoisement, le ravaler —
quand elle lui présentait la note d'un fournisseur et la
commentait avec son accent haineux, familier et
gouailleur : « Ah ! il n'y va pas avec le dos de la cuiller,
celui-là, il la fait payer, sa camelote... Et les heures de
main-d'œuvre... rien que ça !... » La répulsion qu'elle
avait éveillée en lui lorsqu'il l'avait observée — il y
avait longtemps de cela, elle était encore une enfant —
allant cacher, avant l'arrivée de ses petites amies, le
sac de bonbons qu'elle avait reçu au jour de l'An...
C'était cela, sans doute, de la voir toujours ainsi, nez à
terre, rampante, tremblante, qui éveillait en lui, qui
faisait se dresser en lui quelque chose qui sommeillait,
une bête assoupie, une bête sauvage, cruelle, prête à se
jeter sur elle, à mordre... Si elle avait jamais relevé le
nez avec dédain et porté ailleurs un regard distrait,
peut-être la bête en lui — comme le chien qui cesse
d'aboyer et s'éloigne, calmé, quand le passant qu'il
attaquait poursuit son chemin sans s'émouvoir —
peut-être la bête en lui se serait-elle rendormie ; mais il
la voyait qui se traînait, qui rampait dans la boue,
dans la crotte à ses pieds, elle était là devant lui, toute
molle, offerte, toujours à sa portée, la tentation était
trop forte, l'envie montait en lui, irrésistible, de la
saisir, de la courber, de l'enfoncer, plus bas encore,

plus fort... « Mais ma petite, je te connais, les mines d'or, tu m'entends, le Pérou, le gros lot, rien ne te ferait changer, je pourrais te donner n'importe quoi, tu te priverais encore de tout, tu te laisserais crever de faim pour mettre un peu plus de côté... Tu aimes ça, je te connais, tu es comme ça, tu ne peux pas t'en passer... »

— « Ah ! c'est trop fort... Du coup ses yeux se remplissent de larmes... C'est trop violent »... elle va commencer à trépigner, elle a cet air rageur et impuissant de l'enfant qui va « faire une colère »... « Ah ! tu me dis ça, toi, tu me dis ça à moi, c'est trop fort ! Tu sais très bien — elle s'amollit tout à coup, ses yeux coulent — tu sais très bien que je ne serais pas comme ça, si j'avais été élevée autrement, c'est toi qui m'as habituée... » Cette face plate, cet air déjeté, cet aspect de veuve éplorée... Elle le fait exprès, c'est pour lui faire honte, il le sait, pour l'humilier, pour attendrir les gens à ses dépens qu'elle se fagote ainsi, avec ses bas de fil noir, ses gants reprisés, pour lui jeter cela au visage : c'est toi qui m'as faite ainsi, tu l'as voulu, je suis ton produit, ton œuvre...

S'il pouvait l'étreindre à pleines mains, la broyer... « Ah ! c'est moi à présent, ah ! c'est moi la cause de tous tes maux, moi ton bouc émissaire... Mais je commence à en avoir assez, j'ai eu bon dos trop longtemps, j'en ai assez... » Il hésite, il cherche autour de lui quelque chose avec quoi l'écraser, mais il n'a rien à sa portée, il ne trouve rien sous la main que ces gros engins, lourds à manier, dont se servent les gens de là-haut — il sent confusément que ce n'est pas cela qu'il faudrait ici, entre eux, ce ne sont pas ces instruments grossiers, empruntés aux gens de là-bas, mais tant pis, il ne voit rien d'autre, il n'a pas le

177

choix... « Tu devrais chercher ailleurs, prendre une autre victime... Trouve-toi un mari, que diable... Un mari... Il serait grand temps... » Il sent qu'il écrase une matière flasque qui cède, dans laquelle il enfonce.... « On se cherche un mari quand on a tellement besoin d'être porté à bras tendus, de vivre en parasite, toujours accroché à quelqu'un. Un époux... Ce serait bien son tour... Seulement voilà... », il enfonce toujours plus, entraîné, ne rencontrant pas de résistance... « seulement voilà, il n'y a personne, hein ? personne n'en veut, parbleu ! Ah ! ah ! il ne s'est pas encore trouvé d'amateur... », il éprouve cette jouissance de maniaque, douloureuse et écœurante, qui coupe la respiration, qu'on ressent à presser entre deux doigts son propre abcès pour en faire jaillir le pus, à arracher par morceaux la croûte d'une plaie... « ils n'en veulent pas, pas si bêtes... », il étouffe, il articule avec difficulté... « ils ne marchent pas... », il descend, il sombre, comme pris de vertige, tiré plus bas, toujours plus bas, au fond d'une volupté étrange, une drôle de volupté qui ressemble à la souffrance : « Ah ! ah ! c'est qu'elle est trop moche, parbleu... elle est trop moche... et c'est moi peut-être aussi, c'est moi qui t'ai forcée... c'est moi qui t'ai imposé la tête que tu as... »

Elle se débat mollement, elle gigote un peu sans chercher vraiment à se dégager, en donnant des petits coups qui ne font que l'exciter davantage, elle a sa voix pleurnicheuse, un peu infantile, exaspérante... « Oui, c'est toi, c'est toi, bien sûr, tu as tout fait pour que je reste seule, pour que je ne voie personne, tu m'as toujours empêchée de voir des gens, de sortir... les scènes que tu me faisais quand j'avais le malheur d'inviter quelqu'un à dîner... J'avais l'air d'une bonne, j'étais vêtue comme une bonne, je n'osais pas me montrer... » Il prend un léger temps d'arrêt pour raffermir son étreinte, la saisir plus commodément, il a tout le temps, elle est là, livrée, inerte, on dirait qu'elle attend... Il ricane... « Bien sûr... J'en étais sûr... Ce n'est pas nouveau... je connais... c'est moi le bourreau... moi l'ogre qui ai empêché les prétendants de venir en rangs serrés solliciter le bonheur... » Encore un instant... avant de se laisser tomber plus loin, jusqu'au bout cette fois, jusqu'au fond... « Non, mais ma pauvre fille, hein ? entre nous ? Non, mais tu ne te rends donc pas compte, mais tu ne t'es donc jamais regardée... » L'abcès a crevé, la croûte est entièrement arrachée, la plaie saigne, la douleur, la volupté ont atteint leur point culminant, il est au bout, tout au bout, ils sont arrivés au fond, ils sont seuls tous les deux, ils sont entre eux, tout à fait entre eux ici, ils sont nus, dépouillés, loin des regards étrangers... il se sent tout baigné de cette douceur, de cette tiédeur molle que produit l'intimité — seuls dans leur grand bon fond, où tout est permis, où il n'est plus besoin de rien cacher — il la prend par le revers de son manteau, il lui parle tout près du visage... « Eh bien, si tu veux savoir, je ne t'en avais jamais parlé, mais puisque tu m'y pousses maintenant, eh bien, je vais te le dire... si tu veux savoir la vérité, j'ai tout fait, au contraire, tout fait et plus encore... Cet adonis, tu t'en souviens, ce garçon... tu sais bien de qui je veux parler... eh bien, j'ai fait des bassesses, ma petite, pour le pousser à t'épouser, je lui ai fait risette, j'ai été jusqu'à manger de l'argent dans sa petite affaire... mais il n'a pas marché... il est parti, tu t'en souviens... » Il la regarde un peu de côté, sa voix est légèrement voilée... « Il est parti, il a filé... enfin bref, ça n'a rien donné... »

L'Hypersensible... Qui la reconnaîtrait ? Elle qui tremble au moindre souffle, que le contact le plus léger fait tressaillir et se rétracter, elle essuie ses coups sans broncher. A peine en elle comme un flageolement, un vacillement — presque rien... Elle rougit un peu, juste pour la forme, elle lui parle de tout près aussi, sa voix à elle ausssi est basse, voilée : « Eh bien, moi aussi, figure-toi, j'ai quelque chose à te dire... j'ai hésité jusqu'à présent, mais maintenant c'est décidé... Tu n'en as plus pour longtemps à me porter à bras tendus, comme tu dis... tu seras bientôt débarrassé... Tous les goûts sont dans la nature... Il s'est trouvé un brave homme, imagine-toi, qui sera heureux de faire sa vie avec moi. Nous avons attendu longtemps, mais c'est à peu près décidé... je peux t'en parler maintenant... nous allons nous fiancer... » Fi-an-cer... Elle prononce le mot gauchement, d'un air infantile, un peu niais... Toujours ces mots de là-haut, ces lourds engins difficiles à manier, à l'usage des gens de là-haut, les seuls qu'ils trouvent à leur portée. Je vois maintenant. Je sais. Je le vois tout à coup clairement, le secret de son attitude — si surprenante à première vue pour qui la connaît — sous les coups qu'il lui assène, le secret de cette insensibilité à la douleur qui fait penser à l'impassibilité quasi miraculeuse des martyrs chrétiens — sainte Blandine traversant d'un front serein les supplices : tous les gestes qu'ils font, tous leurs mouvements, ceux qu'elle essaie d'exécuter en ce moment, copiés sur ceux qu'on fait là-bas, à la surface, à la lumière, paraissent ici — dans ce monde obscur et clos de toutes parts où ils se tiennent enfermés tous deux, dans ce monde à eux où ils tournent en rond sans fin — étrangement délestés, puérils et anodins, aussi différents de ceux que font les gens du dehors, que le sont, des gestes de la vie courante, les bonds, les attaques, les fuites et les poursuites des figures de ballet.

— Leurs jeux... Leurs mordillements... La douce saveur du lait nourricier. La tendre tiédeur du sein. L'odeur familière, fade et un peu sucrée, de leur intimité... Elle la sent, j'en suis sûr, elle la hume avec volupté, calfeutrée ici avec lui, quand il la serre si fort, quand il lui chuchote de tout près ce qu'ils sont seuls tous deux à savoir, quand il lui assène, loin de tous les regards, ce qu'il appelle « ses vérités ». C'était cette même saveur, cette même odeur secrète qu'elle goûtait déjà, dont elle se délectait — je le sentais confusément — autrefois, quand ils marchaient (m'y voilà revenu une fois de plus, chacun de leurs gestes, de leurs mots est comme un nœud où s'embrouillent inextricablement mille fils entremêlés), quand ils passaient sans tourner la tête devant les fiacres, les moulinets, serrés peureusement, blottis l'un contre l'autre sous les regards indiscrets, insolents des étrangers, sa menotte moite pelotonnée dans la grosse main chaude, serrée... Leur fond. Leur grand bon fond... C'est juste pour l'exciter un peu plus qu'elle se débat ainsi, qu'elle essaie de riposter, qu'elle fait semblant de vouloir se dégager. C'est juste pour le taquiner. Pour l'atteindre peut-être aussi, à son tour, quelque part au fond de lui, en un point sensible qu'elle connaît bien, un point secret connu d'eux seuls.

Il va raffermir encore son étreinte. La serrer de plus près, plus fort, comme toujours chaque fois qu'elle fait mine de s'écarter de lui, de chercher à lui échapper —

il ne la lâche jamais, il est là, toujours, aux aguets...
dès qu'elle bouge, au plus léger mouvement, il la tire à
lui brutalement — il va la tenir bien serrée tout contre
lui, collés l'un contre l'autre, dans leur fade et chaude
odeur, tout enveloppés de lourdes vapeurs, il va lui
montrer, émergeant, se dressant autour d'eux de
toutes parts, gardant toutes les issues, des formes
menaçantes, portant des masques hideux, faisant
entendre d'affreux gémissements, il va sentir délicieusement — comme autrefois, quand elle suivait, rivée à
lui, fascinée, la direction de son regard — tandis
qu'elle se blottira contre lui, les douces palpitations de
son cœur battant à l'unisson du sien...

Mais non... il me semble tout à coup, tandis que je le
vois qui se jette sur elle, qui essaie de déchirer ce
qu'elle agite là sous ses yeux pour l'exciter, qu'il n'y a
rien d'autre en lui qu'une impulsion aveugle, une sorte
de fureur opaque qui le remplit tout entier, une fureur
pareille à celle du taureau quand il fonce, tête baissée,
sur la cape que lui tend le matador : « Ah ! tiens, ah !
c'est lui qui revient sur le tapis ? Ah, ça continue donc
toujours, cette histoire ? C'est le type, de nouveau ? le
fameux prétendant ? Il revient à la rescousse ? Encore
lui, le bonhomme du ministère des Finances ? Ah ! c'est
lui, maintenant, la planche de salut ? le protecteur ?
Seulement je serais curieux de savoir avec quoi il
compte fonder ce bonheur, ce petit eden ? Ce n'est pas,
je suppose, avec son seul traitement ? Car il faudra
vivre, n'est-ce pas, et peut-être à plusieurs, il doit le
savoir mieux que moi... Je ne crois pas qu'il se
contente, ni toi non plus, hein ? si je te connais bien,
d'amour et d'eau fraîche... C'est là, du coup, que tu
pourras venir pleurnicher... tu pourras venir pleurer

misère à la fin de chaque mois... Tu les connaîtras, les privations, et pas pour rire, cette fois, pour de bon, comme je les ai connues, moi, je sais ce que c'est... Mais il n'est pas si bête, le bonhomme, il doit savoir ce qu'il fait, il doit compter probablement sur une somme assez rondelette qui lui permettra de sortir de sa petite vie, de « refaire sa vie », comme tu dis, sans quoi, crois-moi... »

Elle lève le nez très haut, comme je ne lui ai encore jamais vu faire, elle détourne la tête d'un air dédaigneux : « Eh bien, c'est ce qui te trompe. Imagine-toi qu'il ne veut rien. Il ne veut rien te demander... Il ne compte que sur lui-même... »

Je ne sais pas à quoi je pensais quand je disais qu'elle n'aurait qu'à lever le nez bien haut au-dessus des miasmes dans lesquels il cherche à l'enfoncer, pour lui en imposer, le tenir en respect... Mais il ne doit pas croire à son jeu, il ne se laisse pas prendre à ces airs détachés, à cette dignité inusitée, il est trop tard, il la connaît, elle aura beau faire la mijaurée, il ne s'en laissera pas accroire...

Ou bien peut-être, au contraire, a-t-il l'impression tout à coup que c'est vrai. Qu'elle vient de faire un bond tout à coup. Un vrai — comme ceux qu'on fait là-bas, à la surface, à la lumière. Un bond pour se mettre hors de sa portée... Peut-être a-t-il aperçu, peut-être a-t-il vu auprès d'elle tout à coup, non pas ce fantoche ridicule que je crois voir, moi, cet épouvantail à moineaux que je vois, mais quelque chose de vivant, un être en chair et en os, une présence épaisse et lourde, menaçante, qui la soutient, la tire à soi, vers laquelle elle se tend, sur laquelle elle s'appuie pour le narguer — un ennemi dressé en face de lui, qui le défie... Il fonce : « Ah ! il ne veut rien ? Il ne veut rien, voyez-vous cela ! — il l'imite en minaudant — il ne compte que sur lui-même... Le héros parfait, le noble cœur, le parfait gentleman... Mais je sais ce que ça me coûtera, ces beaux sentiments... Je sais ce que ça donnera, en fin de compte, ces grands airs... » Il ricane : « Je connais ça... » Elle lève le nez plus haut : « Non, détrompe-toi, il sait ce que j'ai souffert... Je lui ai parlé franchement, il veut me tirer de là. » Il me semble qu'il a flanché très légèrement. On dirait que quelque chose a chancelé un peu en lui... il parle avec difficulté, d'une voix saccadée : « Ah ! je vois... tu lui as fait des confidences... Tu t'es épanchée... sur mon compte... Imbécile... Tu ne vois donc pas son jeu... tu ne comprends donc rien... Ah ! il sait s'y prendre... Pensez donc, c'est une aubaine... Oh ! il n'est pas pressé... Il attendra... Bien sûr... Vous avez des espérances... Je suis un bon placement... Et il espère ne pas attendre trop longtemps... Ah ! tu lui as parlé... Tu as dû le mettre au courant... », il tourne autour de lui des yeux égarés... « tu lui as fait part, hein, de ce que tu mijotes... » Elle hoche la tête sans rien dire, elle a l'air décontenancée, on dirait qu'elle a un peu peur... « Si, si, tais-toi, on ne me la fait pas, je sais, je vois tout, je sais ce que tu viens chercher quand tu écoutes aux portes, quand tu fouilles dans mes papiers... Tu épluches mes carnets de chèques... », il la saisit par les épaules... « Tu m'épies..., tu crois que je ne le sais pas... tu lis ma correspondance... si, si, je le sais, inutile de ricaner... on ne me la fait pas, à moi, je vois tout, je sais, tu questionnes les gens, tu surveilles ma vie privée... », il rit d'un rire faux, qui « fait froid dans le dos » comme un rire de dément... « Ah ! ah, je te

connais, tu crèves de peur, tu entends... il la secoue...
tu crèves de peur à l'idée que je pourrais me refaire une
vie, moi aussi, c'est mon droit, après tout, à moi aussi,
tu ne crois pas ? tu me l'as assez gâchée... mais tu as
peur que ça change, tu as peur de la concurrence, tu
sues de peur dès que tu flaires un danger de ce côté-là,
tu ne demandes qu'une chose, c'est que je claque
avant... Tu crois que je ne comprends pas, tu crois que
je ne le savais pas, ce qui te trottait par la tête, hein ? la
dernière fois, pendant ma maladie... Ça ne vous suffit
pas de me dépouiller petit à petit, non, ça ne vous suffit
pas, vous attendez ma mort pour vous nourrir encore
de moi, pour vous engraisser... » Il la secoue de toutes
ses forces, il crie : « Mais j'en ai assez, assez, tu
m'entends, je veux vivre moi aussi, comme ça me plaît,
je veux qu'on me fiche la paix... je veux que vous me
foutiez la paix une fois pour toutes, toi et ton comparse, ton sale cloporte... », il étouffe... « ton soute-
neur... » Il la pousse contre la porte. Il baisse un peu le
ton et lui parle de tout près, d'une voix sifflante : « Tu
vas me ficher le camp, fiche-moi le camp tout de suite,
tu entends, et c'est pour de bon, cette fois, je ne veux
plus te voir, va-t'en, va-t'en !... » Il ouvre la porte
d'une main tandis que de l'autre il la tient, la pousse.
Elle résiste, elle s'arc-boute, elle se cramponne des
deux mains au chambranle de la porte, et tout à coup
elle crie, elle aussi, pour la première fois, de sa voix
mordante, gouailleuse, et provocante : « Ah ! ça y
est... Tu as réussi ton coup... J'aurais dû m'en douter...
C'est tout ce que tu cherchais... C'est ce que tu voulais
depuis le début... C'est pour ça que tu as provoqué
tout cela... Pour ne pas les lâcher... » Elle crie d'une
voix aiguë : « Tu pourras le garder, comme ça, ton

argent... » Il lui donne un coup dans la poitrine qui lui fait lâcher le chambranle... « Garce !... Sale garce... » Il l'a poussée si fort qu'elle vient heurter avec son dos la porte de l'entrée juste en face de la porte du bureau.

La concierge qui écoutait, en faisant semblant d'astiquer le bouton de la sonnette ou d'essuyer la rampe, a dû sursauter, reculer. On entend le claquement de la porte du bureau, puis le bruit de la clé dans la serrure. Il a fermé sa porte à clé.

Il se fait un grand silence dans l'entrée. Un grand silence et un grand froid. On entend seulement le frôlement furtif du chiffon que la concierge, pour se donner une contenance, promène le long du mur tandis qu'elle redescend une marche ou deux prudemment. Et, venant de la cuisine, le bruit aigu, arrogant, des assiettes que la bonne glisse l'une sur l'autre, la tête légèrement penchée vers la porte entrouverte. Des bruits dans ce silence, angoissants, menaçants comme le son distant d'un tam-tam.

Mais elle s'est reprise déjà, elle bondit, elle saisit le bouton de la porte du bureau, elle le fait tourner doucement. Elle chuchote, penchée sur le trou de la serrure : « Ouvre-moi, papa, ce n'est pas sérieux, voyons... Ouvre... Mais qu'est-ce que tu as ? Mais ouvre donc, je ne peux pas partir comme ça... Ouvre vite, c'est ridicule, on nous entend... » Elle tourne le bouton... Sa voix prend un ton de plus en plus infantile, larmoyant... « Laisse-moi entrer, voyons... C'est gênant... on nous entend... Tu ne peux pas me laisser partir comme ça... Je suis malade... » Elle pleure... « C'est sérieux... Plus sérieux que tu ne crois... Tout le monde le sait... J'ai déjà promis au médecin... Papa... Papa, écoute-moi... Laisse-moi

186

entrer... Je t'expliquerai. J'ai dû emprunter... j'ai déjà
versé un acompte... » Elle tourne le bouton plus fort...
« Il me le faut absolument... Je resterai là tant qu'il le
faudra... Je ne peux pas partir comme ça... »

Ouvrira... N'ouvrira pas... Ouvrira... La clé tourne.
La porte s'entrouvre. On voit passer un bras. On
entend comme un cri étouffé... « Fous-moi la paix »...
on ne saisit pas bien... ou « Fous-moi le camp. » Il
passe son bras par l'entrebâillement de la porte — il
doit maintenir la porte de l'autre main — et lance sur
le tapis une mince liasse de billets froissés... Elle
bondit. Les ramasse. Son visage, tandis qu'elle se
redresse, les billets dans la main, exprime la satisfaction, le soulagement. Elle les déplie, les compte. Il y en
a quatre... Quatre billets de mille francs... Elle hoche la
tête, elle sourit d'un drôle de sourire entendu, mi-
attendri, mi-méprisant. Elle fourre l'argent dans son
sac. Elle ouvre doucement la porte de l'entrée... La
concierge, le dos tourné, occupée à frotter les barreaux
de la rampe, s'écarte légèrement pour la laisser passer.

Pas la moindre gêne chez elle, cette fois, pas le plus
léger tremblement quand elle me voit surgir tout à
coup devant elle sur le trottoir, dès qu'elle met le pied
hors de la maison. C'est moi qui me trouble, je baisse
les yeux sous son regard froid qui me maintient à
distance. J'essaie timidement de m'accrocher, je lui
demande de quel côté elle va : je voudrais la suivre
coûte que coûte, n'importe où. Elle le sent probable-

ment, mais elle n'en semble pas incommodée, ou à peine, juste peut-être un vague chatouillement — une mouche posée sur un éléphant. Elle regarde son bracelet-montre : « Oh ! la, la, c'est qu'il est tard. Je voulais aller voir les Manet. C'est demain le dernier jour. Mais je suis très en retard. » — « Les Manet ? Ça finit demain, déjà ? Moi aussi, j'aimerais bien les voir... Je ne voudrais pas les manquer... » J'hésite... C'est ma voix maintenant — un mince filet de voix — qui prend une intonation un peu mièvre, enfantine : « Je peux venir avec vous ? Ça ne vous ennuie pas ? » Elle tourne les yeux vers moi et me dévisage tranquillement : « Mais non... Pourquoi voulez-vous ? Seulement, il faudra se dépêcher. Il est tard. »

Nous marchons rapidement, nous enjambons ensemble les trottoirs, nous tournons l'angle des rues. Je trotte à son côté comme autrefois, les yeux fixés sur son profil. Sa tête dure, tendue en avant, semble fendre l'air comme une proue. Non, pas une proue : quelque chose de hideux. Sa tête, au bout de son cou rigide projeté en avant, fait penser à une tête de gargouille. Mais non, pas cela non plus. Ces mots maintenant ont un goût insipide, un goût fade, légèrement écœurant... Du réchauffé... Je sens bien que c'est malgré moi, par habitude, par excès de fatigue, machinalement, que je me bats encore les flancs. Je ressemble à ces coureurs cyclistes qui, la course terminée, assis dans un fauteuil, continuent, sans pouvoir s'arrêter, à remuer les jambes comme s'ils étaient encore sur les routes en train de pédaler. Non, ce n'est pas cela du tout. Un œil impartial et frais pourrait trouver dans la ligne sèche de son profil une certaine pureté, peut-être même de la noblesse, presque une certaine beauté. Ou plutôt, il faut le reconnaître, il y a, pour un œil détaché, dans toute son allure, ses traits, quelque chose de discret, d'effacé, somme toute d'assez anodin, de plutôt insignifiant. On la prendrait, avec ce cartable qui se balance au bout de son bras, pour une étudiante un peu mûre, une institutrice. C'est l'image que renvoient d'elle les glaces des boutiques, des bistrots, devant lesquelles nous passons.

Je ne leur jette que des coups d'œil rapides. J'évite de regarder, trottinant à côté d'elle, ce bonhomme « sur le retour », à la mine négligée, court sur pattes, un peu chauve, légèrement bedonnant. Parfois je ne peux l'éviter. Il surgit d'une glace juste en face de moi, au croisement d'une rue. Jamais mes paupières fatiguées, mes yeux ternes, mes joues affaissées, ne m'étaient apparus aussi impitoyablement que maintenant, près de son image à elle, dans cette lumière crue.

Elle la voit, elle aussi, dans la glace, cette image aux lignes molles, un peu avachies — le fruit malsain d'obscures occupations, de louches ruminations, que fait-il au juste toute la journée ? à quoi peut-il passer son temps ? elle doit se le demander vaguement. Cette image colle si exactement sur celle qu'elle a gardée de moi qu'elle n'éprouve aucune surprise ; elle n'a même pas besoin, comme je le fais pour elle, de se tourner vers moi et de me regarder pour s'assurer de la ressemblance. C'est ainsi qu'elle me voit depuis longtemps. Elle me connaît. Elle doit voir aussi très bien les efforts attendrissants que je fais encore, comme toujours, pour essayer de me rapprocher un peu, elle doit trouver amusant ce ton mondain, frétillant, que je prends malgré moi : « Les expositions... cette année... C'était vraiment très intéressant... Les Greco... vous les avez vus ? J'aimerais avoir votre avis... Je ne sais pas si vous êtes comme moi, mais j'avoue que j'ai été déçu... Tous ces roses et ces lilas un peu fades... L'ensemble m'a paru monotone, presque un peu mou... » Elle laisse glisser sur moi un regard légèrement étonné : « Tiens, c'est drôle... je les ai trouvés très bons... Il y en avait de fameux... »

Nous arrivons. Je vois qu'elle tire une carte de son sac et s'approche de la caisse la première ; elle est bien décidée à ne pas me laisser payer son billet. Je la vois qui rougit violemment, elle tend la tête vers le guichet d'un air furieux : « Comment, elle est périmée ? Ah ! ça, c'est un peu fort ! Elle n'est pas périmée du tout... On me l'accepte partout... Ça alors... Je voudrais bien voir ça... » Il y a dans son ton quelque chose de trop rageur, d'agressif et de haineux qui s'adresse aussi à moi, je le sens, qui s'adresse à moi surtout. J'entends la voix calme de la caissière : « Voyez au secrétariat si vous voulez, moi, je ne peux pas l'accepter. » Elle hésite. Ma présence la gêne. Ou bien non, au contraire, c'est ma présence qui lui donne envie de ne pas « se laisser faire comme ça », de ne pas « se laisser embobiner », elle voudrait me montrer qu'elle « se fiche pas mal » de tout ce que je peux penser, qu'on ne lui en remontre pas avec le genre délicat, les airs dégoûtés, nous sommes sur terre, finis les enfantillages, les billevesées, elle veut me donner une leçon... Mais non, elle renonce, elle jette l'argent sur la caisse, elle a son accent « gouape », traînant... « Bon, bon... ça va... » Elle s'éloigne rapidement sans m'attendre. Je me dépêche de prendre mon billet et je la rejoins tandis qu'elle entre dans la première salle.

Nous parcourons les salles lentement. Elle s'arrête

de temps en temps devant une des toiles et se fige comme au garde-à-vous. Je m'immobilise respectueusement à son côté, les bras tombants, les doigts joints sur le bord de mon chapeau, silencieux, l'air pénétré, comme pendant l'office. Je sens, tandis qu'elle regarde le tableau fixement, qu'il y a un coin de son œil qui reste tourné vers moi, je ne quitte pas son champ visuel. Il me semble qu'elle est en train de me défier de nouveau par en dessous. Il y a entre elle et ces tableaux comme une alliance, une complicité dirigée contre moi : il y a quelque chose en eux qu'ils lui offrent, je le sens confusément, pour s'en servir contre moi, quelque chose qu'elle capte à la pointe de son regard et cherche à faire passer en moi pour me redresser. Je me sens, tandis que je suis là, figé devant eux à son côté, pareil à l'écolier à qui l'institutrice place une règle en travers du dos, sous les bras, pour l'obliger à se tenir droit.

Tout à coup elle se tourne vers moi, elle plisse les lèvres, elle fait entendre un petit sifflement arrogant et me regarde en hochant la tête d'un air qui signifie : « C'est ça, hein ? Qu'en dites-vous ? » Son sifflement acéré me transperce — un de ces coups précis et sûrs comme elle sait en donner — je me sens maintenant, cloué ici à son côté, semblable plutôt à l'insecte qu'on a fixé avec une épingle au fond de la boîte à couvercle de verre.

Cette fois, j'ai comme un faible sursaut. Je me débats un peu. J'essaie de la regarder dans les yeux... « Oui... évidemment. Mais moi j'avoue que ça ne m'émeut pas beaucoup... C'est très fort, évidemment, mais ce n'est pas à cela que vont mes préférences... » Je me sens rougir... « Cela manque de trouble... d'un certain... comment dirais-je... de tremblement... on y

191

sent trop d'assurance... de certitude satisfaite... de...
de... suffisance... Je préfère, je crois, aux œuvres les
plus achevées, celles où n'a pu être maîtrisé... où l'on
sent affleurer encore le tâtonnement anxieux... le
doute... le tourment... », je bafouille de plus en plus...
« devant la matière immense... insaisissable... qui
échappe quand on croit la tenir... le but jamais
atteint... la faiblesse des moyens... Il y a certains
tableaux, tenez... ceux de Franz Hals presque aveugle... les derniers Rembrandt... » Je me sens entraîné
sans pouvoir me retenir sur une pente glissante, je sais
qu'il faut m'arrêter, mais une audace stupide me
prend, un besoin peut-être chez moi aussi de la défier,
cette sorte de vertige qui pousse certains coupables,
sachant leur cause perdue, à prendre follement les
devants et à provoquer leurs adversaires... « ou bien...
tenez... par exemple... », je détourne les yeux... « il y a
un tableau... vous ne le connaissez pas, probablement... il n'est pas très connu... un portrait... dans un
musée hollandais... il n'est même pas signé... le
portrait d'un inconnu... *l'Homme au Pourpoint*... Je
l'appelle ainsi... eh bien, il y a quelque chose dans ce
portrait... une angoisse... comme un appel... je... je le
préfère à n'importe quoi... il y a quelque chose
d'exaltant... » Je la regarde : il me semble qu'elle
m'observe d'un regard grave et pénétrant que je ne lui
ai encore jamais vu ; elle détourne les yeux, elle a l'air
de fixer quelque chose au loin, mais je sens que c'est en
elle-même qu'elle regarde, et elle sourit doucement —
un de ces sourires gênés, amusés et attendris qu'ont
parfois les gens quand on évoque devant eux des
souvenirs intimes, un peu ridicules, de leur petite
enfance. Je me sens soulevé tout à coup dans un élan

de reconnaissance, d'espoir... cette lueur timide et tendre, ce rayon caressant dans son regard, je le vois qui se pose, qui s'attarde avec complaisance sur une image en elle, celle que je vois en moi, celle qu'elle a aperçue, sans doute, reconnue en moi tout à l'heure, quand elle m'observait si attentivement; nous la regardons tous les deux, c'est celle d'un vestibule étroit... on entend dans le silence menaçant des bruits furtifs... elles sont derrière les portes, elles guettent... il n'y a pas un instant à perdre... ouvre, mais ouvre vite, voyons, papa... elle tient le bouton de la porte, elle le tourne le plus doucement possible, elle chuchote, penchée sur le trou de la serrure... mais ouvre donc, voyons, c'est ridicule, on nous entend... S'il n'ouvre pas, quelque chose va se produire, quelque chose de définitif, de sûr, de dur, tout va se pétrifier d'un seul coup, prendre des contours rigides et lourds, elles vont surgir, triomphantes, implacables, dodelinant la tête : « Voyez, je vous l'avais dit, un égoïste, un avare »... mais il ne le permettra pas, ce n'est pas vrai, elle le sait bien, ils le savent bien tous deux, il va ouvrir... elle le verra de nouveau, tel qu'elle le connaît, tel qu'elle l'a toujours connu, non pas cette poupée grossièrement fabriquée, cette camelote de bazar à l'usage du vulgaire, mais tel qu'il est en vérité, indéfinissable, sans contours, chaud et mou, malléable... il va lui ouvrir, il la laissera entrer, rien n'arrive jamais entre eux, rien ne peut jamais arriver « pour de bon » entre eux, les jeux vont continuer, elle pourra de nouveau, serrée, blottie contre lui, sentir, battant à l'unisson, leur pulsation secrète, faible et douce comme la palpitation de viscères encore tièdes.

Mais non... je n'y ai jamais cru, au fond, je ne m'y

Portrait d'un inconnu.   13.

suis jamais trompé, au fond de moi-même, je l'attendais, je n'ai cessé de le guetter, ce frisson de dégoût à peine perceptible qu'elle a maintenant tout à coup, ce mouvement léger de recul. Son regard se pose sur moi de nouveau, un regard fermé et dur qui me repousse, me maintient à distance. Elle a un sourire condescendant : « Ah ! oui, c'est bien ça... C'est ce que je pensais...Cette façon de juger la peinture... Vous êtes bien toujours le même... Incorrigible... Méfiez-vous, c'est très malsain ; ça ne donne jamais rien de bon, ce... », elle laisse tomber les mots avec une sorte de répugnance... « ce contact... trop personnel... la recherche de ces sortes d'émotions... A votre place, je me méfierais. Je ne vous l'apprendrai pas, rien n'est plus dangereux — elle parle comme à contrecœur entre ses dents serrées, avec une moue dégoûtée comme si elle devait frôler quelque chose de répugnant — rien n'est plus haïssable que le mélange des genres. » J'entends comme dans un rêve une voix lointaine qui crie : « Messieurs, on va fermer. » Elle tressaille et regarde la montre à son poignet d'un air soudain presque joyeux : « Oh, la, la, mais j'ai rendez-vous en bas à cinq heures moins le quart. On doit m'attendre déjà. Excusez-moi. Je dois filer. » Elle prend ma main que je n'ai pas la force de soulever, elle la serre hâtivement et part.

J'ai une drôle de sensation, comme une faiblesse, un léger vertige. Je fais quelques pas et me laisse tomber sur la banquette au milieu de la salle. La salle se vide. La foule s'écoule devant moi lentement. Les gens ont des visages détendus, un air satisfait, repu. Leurs regards glissent sur moi distraitement sans me voir.

Quand l'ai-je donc éprouvé déjà, ce même sentiment

déchirant de contraste entre l'indifférence satisfaite de tous ces visages étrangers et ma propre détresse, mon abandon ? Je sais. C'était dans un jardin pelé, tout gris, ou bien sur un large boulevard bordé d'arbres poussiéreux... J'étais tout petit, je m'étais égaré, j'avais perdu mes parents et j'essayais de les retrouver parmi la foule endimanchée qui déambulait paisiblement sans s'occuper de moi. Parfois je croyais reconnaître quelque chose de familier, de rassurant, dans la ligne d'un dos, dans la forme d'un vêtement, je courais... Mais qu'est-ce que je fais là à perdre mon temps, il n'y a pas une seconde à perdre, il faut courir tout de suite, la rattraper, la prendre doucement par le coude, la voir se retourner, la regarder encore une fois, juste encore une dernière fois... Mais non, il est trop tard, elle doit être loin maintenant... Il me reste pourtant peut-être encore une chance, je bondis, je traverse la foule, je bouscule les gens, je cours à la fenêtre, je regarde... La voilà, je la vois tout de suite, c'est elle, cette silhouette sans âge, étroite et sombre, qui avance le long du mur ; je vois son dos légèrement aplati, ses longues jambes sèches gainées de noir, le balancement de son bras qui porte le cartable, et, à côté d'elle — c'est à peine si j'ose le croire — c'est lui, je reconnais son long pardessus foncé, son dos voûté, une épaule plus haute que l'autre, son cou un peu court, sa tête assez grosse coiffée d'un feutre gris... pourtant il me semble qu'il y a dans son aspect, dans toute son allure, quelque chose d'étrange que je n'arrive pas à bien définir ; peut-être, dans les lignes de son dos, quelque chose d'un peu figé, de rassis, comme une sorte de platitude ou de bana-lité : une différence, avec l'image que j'ai gardée de lui, subtile, comme celle qu'on parvient parfois si difficilement à déceler entre une copie habilement exécutée et son original. Rien maintenant — ou est-ce moi qui ai changé ? — rien en lui, comme autrefois, d'agressif à la fois et de fuyant, qui m'accrochait si fort ; au contraire, il s'étale devant moi avec une sorte de complaisance, d'indifférence placide. Le bassin, un peu plus large ou plus bas, se balance, repoussant l'air à chaque pas d'un mouvement régulier, à droite et puis à gauche, avec une satisfaction tranquille, une imperturbable assurance. Il me semble qu'elle règle son pas sur le sien ; elle a ce même déhanchement léger ; ils avancent sans se presser, repoussant l'air de chaque côté, oscillant d'un même mouvement. Peu à peu, leurs deux silhouettes ne forment plus, tout au bout de la rue, qu'une seule tache sombre. Je tends le cou tant que je peux, je colle ma joue à la vitre pour la regarder jusqu'au bout, jusqu'à ce qu'elle disparaisse au coin de la rue.

C'est ce dos — ce bassin lourd, s'étalant de chaque côté de la chaise avec une expression presque insolente de satisfaction, de suffisance, qui a arrêté soudain mon regard. Et alors seulement — comme sur ces images-devinettes où l'on aperçoit d'abord, dissimulée dans les lignes d'un paysage, d'un arbre ou d'une maison, la forme d'une oreille ou d'un œil, et puis, d'un seul coup, grâce à ce point de repère, l'animal tout entier — je les ai vus aussi : elle et le vieux, assis de l'autre côté de la table, sur la banquette.

Rien d'étonnant que je ne les aie pas distingués tout d'abord — pourtant ils devaient être là depuis un bon moment, ils finissaient comme moi de déjeuner, ils en étaient au café — rien d'étonnant que je ne les aie pas remarqués, tant ils avaient changé, tant, par un mimétisme étrange, ils se fondaient, s'encastraient exactement dans cette salle banale et clinquante de restaurant, parmi ces glaces, ces cuivres, ces plantes vertes, ce velours rutilant des banquettes : des images plates, hautes en couleur, toutes semblables à celles qui les entouraient, à tous ces gens en train de déjeuner, assis autour d'eux aux autres tables.

197

Elle surtout était presque méconnaissable. Costume gris. Écharpe de soie vive. Cheveux relevés à la dernière mode en grosses coques sur le sommet de la tête. Même un peu maquillée : son visage aux lignes arrondies — elle avait engraissé, ses joues s'étaient remplies — avait cet aspect lisse et net, cet éclat un peu figé que donnent les fards.

Quant au vieux, je ne le voyais pas entièrement. J'apercevais seulement son crâne luisant et une de ses grosses bajoues, injectée de sang, presque violacée, débordant de son faux col empesé.

L'homme assis en face d'eux avait pivoté sur sa chaise pour faire signe au garçon. Tourné maintenant de côté, les jambes croisées, un coude appuyé sur la table, il s'offrait à moi de trois quarts. Un Monsieur entre deux âges, assez corpulent. Ses cheveux châtains aux reflets roux, déjà rares sur les tempes, étaient lissés soigneusement en arrière. La peau de son visage aux traits massifs avait une teinte rosée tirant sur le mauve et paraissait un peu moite, comme macérée. Il me semblait qu'il avait avec le vieux, dans toute son allure, dans la forme de ses vêtements, comme un vague air de ressemblance. Même coupe. Même aspect un peu endimanché. Même col dur et perle à la cravate. Et, sur son pied, chaussé d'un soulier de fin chevreau noir au bout pointu, qu'il balançait avec nonchalance, cette proéminence qu'il me semblait avoir vue aussi chez le vieux — un oignon, c'est ainsi, je crois, qu'on appelle cela — à la base du gros orteil.

Bien calé sur sa chaise, renversé un peu en arrière, balançant son pied, il s'étalait devant moi avec une sorte d'outrecuidance. Extrêmement sûr de lui. Impassible. Imposant. Un roc. Un rocher qui a résisté à tous

198

les assauts de l'océan. Inattaquable. Un bloc compact. Tout lisse et dur.

Comme les gens peu confiants dans leurs propres impressions, peu sûrs de leurs connaissances, devant les monuments d'une ville étrangère qu'ils sont en train de visiter, feuillettent à chaque instant leur guide pour savoir ce qu'ils doivent penser, je cherchais, moi aussi, devant lui, du secours, des références, tandis que mon regard se posait, désemparé, tantôt sur son nez aux ailes très découpées : signe — il me semblait me le rappeler — d'insolence... ou peut-être de sensualité ?... tantôt sur sa bouche aux lèvres minces : sensualité aussi ? ou bien n'étaient-ce pas plutôt les lèvres épaisses qui permettaient de la déceler ?... mais non, je m'étais laissé dire que souvent les lèvres minces, aussi, contrairement à ce qu'on croyait... tantôt sur son menton en galoche : volontaire ? têtu ? arrogant ?... ou sur son front assez bas : borné ? pourtant les deux bosses devaient dénoter l'intelligence... ou encore sur son œil où semblait luire doucement cette quiétude satisfaite que donne une agréable digestion... Efforts puérils et sans effet, fléchettes légères qui rebondissaient contre lui sans pénétrer, aussi inoffensives que les bâtonnets de bois avec lesquels les enfants chargent les fusils de leurs panoplies de soldats.

Je voyais qu'ils avaient fini, à leur tour, par me remarquer. Elle m'avait aperçu la première et m'indiquait à son père, tout bas, les yeux baissés. Ils me regardaient maintenant, ils inclinaient la tête en souriant, ils me faisaient signe de m'approcher. Leur compagnon aussi me regardait. Il posait sur moi un regard sans curiosité, tranquille et plutôt bienveillant.

Pas le moindre tremblement en moi. Pas le plus

léger désarroi. Aucun bond en arrière, en avant. Aucune hésitation. Les sujets en état d'hypnose, lorsqu'ils exécutent les mouvements qui leur sont commandés, doivent avoir cette sensation d'aisance surnaturelle, d'assurance, que j'éprouvais tandis que sous ce regard plein d'une attente paisible et confiante je me soulevais comme il se devait, traversais la salle d'un pas assuré, sans ralentir ni me presser, et m'approchais d'eux avec un large geste cordial de ma main tendue et un sourire bonhomme sur mon visage : « Eh! bien... mais comment allez-vous ? Mais il me semble qu'il y a une éternité... » Je la regarde... « Mais vous savez que vous avez une mine superbe... » Leur convive se lève — il est plutôt grand, plus grand que moi, assez corpulent — elle me le présente avec un sourire timide et fier... « Vous ne vous connaissez pas ? » Elle rougit : « Mon fiancé... » Son père achève la présentation : « Faites connaissance... Mon futur gendre : Louis Dumontet... Mais asseyez-vous donc... »

Monsieur Dumontet s'écarte pour me laisser passer. Je m'installe sur la chaise libre auprès de lui.

Je vois des papiers, des plans étalés sur la table entre les tasses à café vides. Le vieux a suivi mon regard : « Vous nous voyez très occupés. Nous sommes en train de tirer des plans... Vous avez peut-être des lumières là-dessus... Vous allez nous aider. Ces jeunes gens veulent installer une propriété... » Monsieur Dumontet pose à plat sur les papiers sa large main charnue, une main très blanche d'homme roux, semée de taches de son ; il hausse légèrement les épaules et fait une moue qui exprime la modestie : « Oh! c'est une bicoque que j'ai aux environs de Paris. Un vieux pavillon de chasse avec un bout de terrain. Un héritage. Je ne l'ai jamais habité. Je le gardais plutôt comme un placement. Ça vaut toujours mieux que du papier... Mais maintenant — il la regarde, il lui sourit — j'ai pensé qu'on pourrait l'arranger... C'est dans une jolie région, pas loin de l'Oise... Vous connaissez peut-être... entre Hédouville et Beaumont ? » En moi, un œil attentif scrute la région... Hédouville... Beaumont... « Ce n'est pas Persan-Beaumont sur la ligne de Pontoise ? » — « Mais si. Exactement. On descend du train à Champagne. La station avant Beaumont... » — « Ah ! oui, je vois... Je connais... » — « Vous voyez ? on prend le chemin vers Hédouville, celui qui traverse le plateau... » L'œil en moi, toujours tendu, suit docilement... « Un chemin en lacets ? qui monte à travers champs ? qui traverse la forêt ? » Monsieur Dumontet m'encourage : « Vous y êtes. A trois kilomètres environ sur votre droite... Vous voyez peut-être... Un petit hameau... » Je vois. J'y suis. J'ai trouvé. Tout content sous son regard approbateur, je rapporte : « Quelques maisons... Une tour carrée ? » — « C'est ça. Mais vous connaissez rudement bien la région... » — « Je pense bien. Un de mes oncles avait une propriété près de Persan. J'y allais souvent passer les vacances. Il m'emmenait à la pêche... » Dumontet se tourne complètement vers moi et m'examine avec intérêt : « Ah ! vous aimez pêcher ?... Alors vous me comprendrez. Pour moi, la pêche c'est tout le charme de cette région. Seulement quand il fallait partir tout seul... Mais maintenant, le dimanche, je vais pouvoir taquiner un peu le poisson... Vous pêchiez le brochet ? Comment ? A la cuiller ? » Je cherche à me rappeler . « Non, mon oncle le pêchait au vif » — « Ah ! c'est bien mieux à la cuiller, surtout dans des rivières comme l'Oise. Vous verrez, vous viendrez un jour quand nous serons installés, je vous montrerai... Seulement, ce n'est pas tout ça... », il les regarde, elle et le vieux... « il y a encore pas mal à faire... Nous étions en train justement... » J'examine dans un angle, au bas d'un des papiers, le plan détaillé d'une maison : « C'est ça, la maison ? Mais en ce moment, dites-moi, ce ne doit pas être une petite affaire de remettre tout ça en état. Il y a beaucoup de réparations ? » — « Encore pas mal. Le pavillon... » Dumontet tapote du bout de son index gras au large ongle coupé court un cercle tracé au milieu du plan. Nous nous penchons tous trois... « le pavillon — sauf une partie de la toiture — n'est pas en trop mauvais état. Mais c'est que voilà... Nous avons de grands projets, nous voudrions y mettre un peu de confort. Il y a déjà l'électricité, mais il faudrait l'eau courante, au moins à la cuisine. On voudrait même, hein ?... » il la regarde, en souriant et en clignant d'un œil, comme on regarde un enfant à qui on se prépare à offrir une petite gâterie... « s'il y avait assez de place au rez-de-chaussée, on voudrait même installer une salle de bains... » Quelque chose a glissé, je l'ai senti, quelque chose a passé, à peine une faible lueur, un crépitement à peine perceptible... elle a regardé le vieux... quelque chose en elle a vacillé... la voix du vieux est légèrement enrouée : « Une salle de bains ? Une salle de bains ? » Dumontet le fixe tranquillement de son œil froid. Il me semble voir comme une nuance légère d'ironie, comme une ébauche de sourire dans ce regard... — « Bien sûr... Mais pourquoi pas ? Vous savez, c'est un placement comme un autre, au fond... ça change la valeur d'une maison. »

Le vieux hausse les sourcils, il fronce les lèvres et hoche lentement la tête d'un air dubitatif : « Oh ! pour ce qui est du placement, ça... n'y comptez pas trop. Avant que vous puissiez rentrer dans tous vos frais... »

Elle tourne vers Dumontet des yeux pleins d'attente confiante, de fierté. Dumontet a l'air de réfléchir. Il rapproche les paupières comme pour donner à sa vue plus d'acuité. Il me semble voir tout au bout, à la fine pointe de ce regard, la maison remise à neuf, tout installée, et, attenant à la cuisine, desservie par la même conduite d'eau — il n'y a que le mur à percer, il faut un court tuyau — la petite salle de bains ripolinée, le lavabo en porcelaine, format moyen, avec les robinets en nickel chromé, et puis, à côté de cette image, celle d'une liasse de billets ou bien un chiffre tracé sur une feuille de papier au bas d'une longue colonne : 145, c'est le devis de l'entrepreneur de Pontoise. 150 en tout, avec le prix du chauffe-bain. Le regard de Dumontet a changé de direction. Il se pose maintenant sur le vieux : une image aux contours nets — pas une ombre ; pas un pli ; brillante ; comme pétrifiée — vient prendre la place de la baignoire de porcelaine, des robinets chromés... Dumontet explique de sa voix calme, au timbre bien posé : « Mais non. Ne dites pas ça. Vous savez ce que ça vaut dans la région, une maison comme celle-ci, installée avec le confort ? Non ? Eh bien, je peux vous le dire. J'ai eu la curiosité de me renseigner auprès du notaire de l'endroit. » Il se penche vers le vieux : « 500 billets, au bas mot. Et sans compter le terrain. » Le vieux relève la tête, comme si on la lui tirait, par courtes saccades, de bas en haut : « Ah ? Ah ? vous en êtes sûr ? Cinq cent mille francs ? Tant que ça ?... Évidemment... Évidemment.

Alors je ne dis plus rien. Je trouvais à première vue que c'était beaucoup de frais pour une maison qui sera, somme toute, peu habitée. » Elle a un ton de petite fille sage : « Oh ! ne dis pas ça, papa. Nous irons souvent. Et aux grandes vacances... Louis a trois semaines de congé... L'année prochaine, quand il sera sous-directeur, il pourra même se permettre de prendre un mois... » Toute frétillante, tout arrondie, gonflée — comme un oiselet apprivoisé qui s'ébroue gentiment au bord de son petit bain de métal, et secoue ses plumes ébouriffées... A l'abri enfin. En sûreté. Le vieux est allé un peu fort avec elle. Elle a eu chaud... Mais non. Attention. Plus rien. Pas un souffle. Pas un frémissement. Il n'y a rien eu. Je n'ai rien dit. Dumontet : son regard de Méduse. Tout se pétrifie. Dumontet parle : « Hé oui... Et vous savez, quand on y réfléchit, 150 000 francs à 3 %, ça ne fait guère qu'un loyer annuel de 4 500 francs. » Il a un petit rire malicieux : « C'est encore mieux, vous ne pensez pas, que de manger son argent dans certaines affaires... »

Le vieux plisse à son tour les paupières, il a l'air de calculer : « 4 500 francs de loyer... Il faudrait dire 4 500 francs de supplément de loyer. C'est un peu différent. Ce n'est tout de même pas négligeable... On peut toujours se tromper, c'est évident, mais ne dites pas ça, même par le temps qui court il y a encore moyen de faire des placements qui rapportent mieux que du 3 %. » Je la regarde. Elle n'a pas l'air d'écouter. Sur son visage maintenant rien d'autre que cette expression d'absence confiante qu'elles ont — il n'y a qu'à regarder ces visages de femmes assises autour de nous aux autres tables — cet air de paisible et vague rumination qu'elles ont toujours pendant que les hommes, près d'elles, parlent d'affaires, discutent de chiffres.

La main de Dumontet se pose sur un coin du plan. Il s'adresse à son futur beau-père : « Ah ! vous savez. C'est fait. J'ai acheté le terrain. Celui dont je vous avais parlé. Le grand champ. Il part de là, vous voyez — nos yeux rivés à son doigt suivent le tracé — il s'étend par ici jusqu'au petit bois. Ça représente trois hectares environ de terre cultivable. Oh ! ce n'est pas la Beauce, naturellement. Le terrain est calcaire, comme dans toute la région. Mais enfin, en l'engraissant bien, dans deux ou trois ans... Mon métayer... » Le vieux a l'air stupéfait : « Un métayer ? Un métayer ? » Je marque aussi un léger étonnement : « Un métayer ? On fait du métayage dans la région ? Je ne savais pas. » Dumontet se renverse sur sa chaise, sa main, comme un peu agacée, tapote le papier : « Non, en réalité, on n'en fait pas. C'est plutôt une coutume du Midi. Seulement, je me suis arrangé. J'ai trouvé un ancien jardinier que je logerai dans la maison. Je lui abandonne tous les produits pendant les trois premières années. Il n'y a pas moyen de faire autrement. La terre est en friche. C'est un travail énorme de la remettre en état. Dans trois ans, nous partagerons. » Le vieux a l'air de s'agiter faiblement, de gigoter doucement sur sa banquette : « Vous partagerez les fruits ? Mais comment pourrez-vous contrôler ? » Il me semble percevoir chez elle aussi comme un trémoussement léger. Elle tourne de son père sur son fiancé un œil inquiet : « Oui, Louis, est-ce que vous le connaissez suffisamment ? C'est qu'on lui laissera tout... toute la maison... » Dumontet appuie ses deux mains contre le bord de la table et fait basculer un peu sa chaise en arrière comme pour mieux la voir. Il a un sourire amusé : « Ah ! tiens... Bien sûr qu'on lui laissera la maison. Il sera même justement là pour la garder. Mais non, rassurez-vous, j'en réponds. C'est un très brave homme. Il a été gardien pendant quinze ans dans la même propriété... », on dirait qu'il la flatte doucement de la main, qu'il lui tapote gentiment l'échine... « Ah ! Et vous savez... pour la cuisine, ne vous inquiétez pas, c'est arrangé. Je l'ai prévenu. Il ne mettra pas les pieds chez nous. Il fera sa popote sur une espèce de brasero qu'il installera dans le hangar. » Elle se laisse faire, elle se frotte à lui, tout apaisée, ravie : « Oh ! Louis, et pour les pommiers, vous avez demandé ? » Dumontet rit : « Ah ! les pommiers, c'est vrai... » Il me prend à témoin en riant : « Ah ! les femmes, hein, c'est bien ça... » Tous les trémoussements, tous les tapotements ont disparu comme par enchantement : en moi les petites bêtes effarouchées, les petites couleuvres rapides s'enfuient ; je hoche la tête, amusé, je ris. Dumontet la regarde d'un air attendri : « Eh bien, ma chère, pour ça, je suis désolé, j'ai une mauvaise nouvelle à vous annoncer. La gelée de pommes, ce ne sera pas encore pour cette année. Ni même pour l'an prochain. J'ai tout inspecté avec le métayer. La plupart des arbres sont morts. Les autres ont besoin d'être soignés. Je lui ai dit d'acheter des plants... » Le vieux a un bon gros rire : « Ho-ho-ho... Vous allez planter des arbres ? Vous allez planter des pommiers ? Hé bien, mes enfants, moi, je peux vous dire que je n'en verrai pas les fruits. » Dumontet : « Mais si, pourquoi ? Bien sûr que si... Avec de bons plants, sur des terrains comme ça, d'ici six ou sept ans... » Moi : « Les pommiers, c'est l'arbre de la région. Mon oncle fabriquait un cidre qui valait le meilleur cidre normand. » Dumontet : « Ah ! du cidre, je pense bien que nous en ferons. Mais il me conseille surtout de planter des pommes d'hiver. » Longtemps encore nous continuons. Dumontet : La Fille : Le Père : Moi : Dumontet : Le Père : La Fille : Les pommes à cidre. Les pommes d'hiver. La Saint-Laurent. Le Rouleau rouge. La Patte d'oie... Plus un bruit. Plus un crépitement. Pas la plus brève étincelle entre eux, ni d'eux à moi. Pas le plus léger courant. Dumontet nous a bien en main. Il nous mène avec sûreté. Nous revenons à l'achat du terrain : « Et qu'allez-vous planter ? Du trèfle ? Du colza ? » — « Ah ! non, pas sur une terre comme ça. La pomme de terre — c'est ce qu'on plante toujours pour commencer. Le métayer fournira les engrais. Je vous l'ai dit : c'est un homme précieux. Il peut s'en procurer à très bon compte. » — « L'engrais complet : il paraît qu'il n'y a rien de mieux. » L'œil attentif, nous suivons, comme des musiciens bien entraînés qui connaissent par cœur leur partition : La pêche. La chasse. Les promenades. Frémincourt. La forêt de l'Isle-Adam. Nesles-la-Vallée. Beaumont. Pas une seconde d'inattention. Jamais aucune distraction. Et même, chez moi, pas la plus légère courbature. Aucune lassitude. Non. Pas tant qu'il est là. Enfin Dumontet s'arrête. Il s'étire légèrement, il pousse un soupir, il tire sa montre de son gousset : « Ah ! c'est très joli tout ça... Mais maintenant, hein, ma chérie — il la regarde — je crois qu'il faudra aller. On nous attend chez tante Berthe à trois heures. Et ce n'est pas ici... » Dumontet s'adresse à moi : « J'ai un cousin qui est architecte. Il va me der un peu, me donner quelques conseils. » Le vieux a un air admiratif et étonné · « Un architecte ? Déjà ? Vous allez vite... Alors vous avez bien tout décidé ? » Dumontet : « Mais bien sûr. Oh ! moi, vous savez, je n'aime pas traîner. Sitôt dit, sitôt fait. » Le vieux sourit avec bonhomie : « Bon. Bon. Eh ! bien, allez mes enfants, allez... » Ils se lèvent. Je tends la main à Dumontet : « Eh ! bien, Monsieur, je vous souhaite bonne chance. » Dumontet me serre la main : « Merci, merci beaucoup. Et j'espère que vous viendrez voir tout ça quand nous serons installés. Je vous emmènerai à la pêche. Et vous verrez — il agite son doigt — vous serez de mon avis, l'essayer c'est l'adopter. Vous verrez : la cuiller, il n'y a que ça pour e brochet. »

C'est fini. Ils sont partis. Je me rassois en face du vieux. Je ne sais ce qui peut encore provoquer en moi — ce ne peut être que l'effet d'une vieille habitude, quelque chose d'assez analogue au réflexe conditionné — je ne sais ce qui me fait éprouver de nouveau tout à coup maintenant, tandis que j'aperçois dans la glace en face de moi leurs dos qui tournent une dernière fois dans le tambour de la porte, cette sorte de vague nostalgie, cette ébauche d'arrachement.

Nous ne bougeons pas, assis l'un en face de l'autre, le vieux et moi. Il a un air tout ratatiné, comme vidé. Son visage s'est un peu affaissé. Je devais lui ressembler, j'avais aussi cet air abandonné, quand j'étais affalé ainsi dans la salle de l'exposition, sur la banquette. Ils ont été trop forts pour lui aussi. Il a eu affaire, lui aussi, à trop forte partie. Peut-être a-t-il poussé le jeu trop loin, trop tenté le sort. Ou peut-être son partenaire ne s'est-il pas montré à sa hauteur. On a beau mettre, comme j'ai essayé de le faire, toutes les chances de son côté, prendre toutes ses précautions, toujours l'imprévu surgit. Le jeu est trop dangereux. L'engin qu'on essayait de manipuler vous explose entre les mains.

Je vois qu'il me sourit. Il me montre la place vide auprès de lui : « Venez donc là, vous serez mieux. » Je ressens, devant son air de bienveillance toute simple et un peu distraite, le même serrement de cœur, la même pitié que j'éprouvais autrefois, quand je croyais percevoir dans la faiblesse, dans la douceur inusitée de mes parents à mon égard, les premiers signes de l'âge. Je ne le sens plus, comme autrefois, qui me palpe tout de suite, qui fouille en moi pour découvrir l'endroit sensible. Il n'y a plus rien en moi maintenant qui l'excite, qui l'incite à me provoquer. J'ai beau tendre l'oreille, je ne perçois plus dans les paroles que nous échangeons ces résonances qu'elles avaient autrefois, ces prolongements qui s'enfonçaient en nous si loin. Des paroles anodines, anonymes, enregistrées depuis longtemps. Elles font penser à de vieux disques. Nous devons ressembler, assis côte à côte sur la banquette, à deux grosses poupées qu'on vient de remonter : « Mais oui, comme le temps passe... Il y a une éternité qu'on ne s'est vus... J'ai voulu souvent vous faire signe, et puis le temps passe... on ne sait comment... Le temps passe trop vite... Et on vieillit toujours, hein, on vieillit... On cède la place aux jeunes... » Il a un temps d'arrêt comme si quelque chose en lui s'était enrayé, et puis il repart... « Alors, vous avez vu, hein, ma fille va se marier ?... » — « Mais oui !... Mais je ne savais pas... J'ai été agréablement surpris. » — « Hé oui, il était bien temps... Il y a longtemps qu'elle aurait dû songer à son avenir... Je ne suis pas éternel. Il est grand temps que je me fasse remplacer... Ma foi, j'ai fait ce que j'ai pu, je l'ai élevée comme je pouvais, ça n'a pas été toujours facile, c'est dur pour un homme seul. C'est qu'elle n'est pas toujours commode, vous savez, elle a son petit caractère, mais enfin j'espère que ça va aller maintenant, je crois qu'elle n'est pas trop mal tombée... » Il me semble que ses paroles rendent un son irréel, je me demande s'il y croit, lui aussi, tout à fait, ou s'il a l'impression de réciter quelque chose qu'on le force à répéter. Mais ce n'est chez moi sûrement que cette impossibilité, toujours, de me rendre à l'évidence, de croire que « c'est vraiment arrivé » ; cette répugnance dont parlait mon spécialiste à m'engager sincèrement dans la voie de la guérison... Lui, le vieux, il a bien compris — il comprend toujours avant moi — il sait qu'il n'y a pas d'autre issue, et il a pris son parti. Peut-être essaie-t-il maintenant de me tendre la main, de me montrer la voie, de m'aider à franchir le pas... « D'ailleurs, vous avez vu... mon futur gendre n'est pas de la première jeunesse, hein, lui non plus... Mais ces mariages de raison entre gens un peu mûrs... » Ma tête s'incline comme malgré moi, j'achève pour lui : « Ce sont souvent les meilleurs. » Il hoche la tête à son tour : « Hé oui... Du reste, c'est un garçon sérieux, qui a une assez bonne situation. Il a réussi à mettre un peu de côté. Il a des goûts assez modestes. C'est que moi je n'ai pas grand-chose à leur donner. Je peux vivre encore un bout de temps, il faut bien penser à tout. J'ai toujours tout fait pour n'être à la charge de personne dans mes vieux jours... » J'opine de la tête avec respect : « Bien sûr... Je vous comprends... » Je sens, tandis que nous parlons, comme un mal de cœur léger, un vertige... mais je pense que ce ne sera rien... ça va passer. C'est juste un pas un peu difficile à franchir, après tout ira mieux. Il suffit de se laisser guider sans penser à rien, de donner la réplique docilement, comme je fais, en opinant sagement de la tête... « Ah ! bien sûr, ce ne sera pas toujours rose... Il faudra qu'ils fassent attention, comme j'ai toujours fait. » J'approuve toujours, je comprends... « Mais pour ça je crois qu'il a des goûts rangés, c'est un garçon qui est parti de peu, qui a toujours travaillé. Et ma fille a été habituée, elle aussi, il le faut bien, à prendre la vie au sérieux... » Ces mots qu'il a l'air de dévider mécaniquement doivent avoir à la longue ce pouvoir apaisant, exorcisant qu'ont sur les croyants les paroles simples, monotones, des prières : il suffit parfois de les réciter machinalement pour résister aux tentations du Malin, pour raffermir la foi qui faiblit. Petit à petit, la foi viendra. Il n'y a qu'à s'abandonner. S'en remettre à eux en toute humilité. Maintenant que je suis engagé si loin déjà dans la bonne voie, ils ne m'abandonneront pas. Je trouverai partout du soutien. Ils n'attendaient que cela, je le sais bien ; ils ne demandent qu'à m'accueillir. Ainsi l'Église accueille généreusement dans son sein ses brebis égarées, ouvre largement ses bras à ses fils repentants. Ils m'attendent. Je n'ai qu'à venir.

Les femmes aux visages un peu effacés, comme légèrement délavés, qui prennent le frais assises sur le pas des portes devant les grands immeubles aux façades flétries, ou bien dans les squares blafards, ne se tairont plus à mon approche. Elles sauront tout de suite — elles ne s'y trompent jamais — qu'elles n'ont plus besoin de se méfier, que je suis des leurs.

Je m'assoirai sans crainte auprès d'elles, sur les bancs poussiéreux, tout contre la bordure de buis. Elles dodelineront leurs têtes et me regarderont de leurs yeux placides : « Croyez-moi, cela vaut beaucoup mieux... Je lui ai toujours souhaité, à la pauvre, de se trouver un bon mari. Et elle a eu de la chance dans son malheur. On peut bien le dire, c'est même une chance inespérée qu'un Monsieur solide, sérieux comme M. Dumontet ait voulu l'épouser, car on dit que son père ne lui a pour ainsi dire rien donné. Il a trouvé l'occasion trop belle de s'en débarrasser à peu de frais... Ah ! en voilà un qui n'oublie jamais de compter : un égoïste, Monsieur, un avare comme on en voit peu... Quand on le connaît, bien sûr... dans le privé, comme je le connais... Je peux vous en parler, allez, moi qui suis restée vingt ans chez eux... »

Je mêlerai pieusement ma voix aux leurs...

Tout s'apaisera peu à peu. Le monde prendra un aspect lisse et net, purifié. Tout juste cet air de sereine pureté que prennent toujours, dit-on, les visages des gens après leur mort.

Après la mort ?... Mais non, ce n'est rien, cela non plus... Même cet air un peu étrange, comme pétrifié, cet air un peu inanimé disparaîtra à son tour... Tout s'arrangera... Ce ne sera rien... Juste encore un pas de plus à franchir.

Paris, 1947.

DU MÊME AUTEUR

Aux Éditions Gallimard

MARTEREAU, *roman.*

L'ÈRE DU SOUPÇON, *essais.*

LE PLANÉTARIUM, *roman.*

LES FRUITS D'OR, *roman.*
  Prix International de Littérature.

LE SILENCE, LE MENSONGE, *pièces.*

ENTRE LA VIE ET LA MORT, *roman.*

ISMA, *pièce.*

VOUS LES ENTENDEZ ?, *roman.*

« DISENT LES IMBÉCILES », *roman.*

L'USAGE DE LA PAROLE

THÉÂTRE :
Elle est là — C'est beau — Isma — Le Mensonge — Le Silence

POUR UN OUI OU POUR UN NON, *pièce.*

ENFANCE

Aux Éditions de Minuit

TROPISMES
  Première édition : Denoël, 1939.

COLLECTION FOLIO

1594. Panaït Istrati	*Nerrantsoula. Tsatsa-Minnka. La famille Perlmutter. Pour avoir aimé la terre.*
1595. Boileau-Narcejac	*Les intouchables.*
1596. Henry Monnier	*Scènes populaires. Les Bas-fonds de la société.*
1597. Thomas Raucat	*L'honorable partie de campagne.*
1599. Pierre Gripari	*La vie, la mort et la résurrection de Socrate-Marie Gripotard.*
1600. Annie Ernaux	*Les armoires vides.*
1601. Juan Carlos Onetti	*Le chantier.*
1602. Louise de Vilmorin	*Les belles amours.*
1603. Thomas Hardy	*Le maire de Casterbridge.*
1604. George Sand	*Indiana.*
1605. François-Olivier Rousseau	*L'enfant d'Edouard.*
1606. Ueda Akinari	*Contes de pluie et de lune.*
1607. Philip Roth	*Le sein.*
1608. Henri Pollès	*Toute guerre se fait la nuit.*
1609. Joris-Karl Huysmans	*En rade.*
1610. Jean Anouilh	*Le scénario.*
1611. Colin Higgins	*Harold et Maude.*
1612. Jorge Semprun	*La deuxième mort de Ramón Mercader.*
1613. Jacques Perry	*Vie d'un païen.*
1614. W. R. Burnett	*Le capitaine Lightfoot.*
1615. Josef Škvorecký	*L'escadron blindé.*
1616. Muriel Cerf	*Maria Tiefenthaler.*
1617. Ivy Compton-Burnett	*Des hommes et des femmes.*
1618. Chester Himes	*S'il braille, lâche-le...*
1619. Ivan Tourguéniev	*Premier amour précédé de Nid de gentilhomme.*
1620. Philippe Sollers	*Femmes.*
1621. Colin Macinnes	*Les blancs-becs.*
1622. Réjean Ducharme	*L'hiver de force.*
1623. Paule Constant	*Ouregano.*
1624. Miguel Angel Asturias	*Légendes du Guatemala.*
1625. Françoise Mallet-Joris	*Le clin d'œil de l'ange.*

Impression Bussière à Saint-Amand (Cher),
le 18 mars 1985.
Dépôt légal : mars 1985.
1ᵉʳ dépôt légal dans la collection : mai 1977.
Numéro d'imprimeur : 783.
ISBN 2-07-036942-0./Imprimé en France.